NÅGON MÅSTE BORT

av

Jan Glantz

Jan Glantz har tidigare gett ut Jonas Österfelt-deckarna:

Någon känner någon (2014)

Något att sikta på (2015)

Pärmbild: Stefan Glantz

Förläggare:
BoD – Books on Demand, Helsinki, Suomi
Tillverkare:
BoD – Books on Demand, Norderstedt, Saksa

ISBN 978-952-330-503-8

DEL 1

FARVÄL TILL VERKLIGHETEN

KAPITEL 1

Christchurch, Nya Zeeland

Flickan tittade mot de tröstlösa ruinerna över staketet, som var gjort av fanerskivor. Han sneglade nyfiket på henne där han stod nedanför hennes utkiksplats. Hon var så upptagen av den sorgliga vyn att hon inte märkte att han iakttog henne. Det låg något bekant över henne, men han kunde inte sätta fingret på vad det var. Det kändes som om hon hade något gemensamt med honom, och han antog att hon kanske var hemma från Europa, precis som han. De var långt borta hemifrån. De befann sig på andra sidan jordklotet och de tittade på en förödande olycksplats. På något som inte kunde ske hemma i Finland.

John From hade ett uppdrag att sköta. Han var anställd av den finländska underrättelsetjänsten och han hade rest till Nya Zeelands södra ö för att träffa en kontakt. Han skulle diskutera med en man, som förväntades ha värdefull information. John hade anlänt till Christchurch föregående kväll och han hade stupat i sängs. Det hade varit en uttröttande flygresa med mellanlandningar i Singapore och Sydney innan han hade ställts inför en irriterande lång intervju vid Nya Zeelands gränsbevakning. Efter en natts sömn var han dock pigg igen.

John ställde sig framför öppningen i staketet och tittade mot ruinerna. En amerikansk turist stod mellan honom och flickan, som John hade tittat på tidigare. Flickan verkade inte ha lagt märke till honom och han började förlora intresset för henne. Han tittade på den förfallna kyrkan, som man inte fick stiga in i. En hel vägg hade raserats så att man kunde se in i katedralens inre såsom den hade sett ut innan katastrofen hade skett.

För några år sedan hade en jordbävning ödelagt en stor del av Christchurchs centrum, och staden hade fortfarande inte restaurerats helt till sin gamla prakt. Innan naturkatastrofen hade stadens centrum liknat en engelsk småstad med byggnader i gråsten och med stora, lummiga parker. Nu såg staden ut som en europeisk småstad efter bombningarna under andra världskriget. Och katedralen var en symbol för all förödelse. Den bevisade också att allt kunde gå att reparera, hur tröstlös framtiden än såg ut.

John hade en känsla av att katedralen försökte säga något åt honom. Han var inte säker på vad, och det retade honom lika mycket som känslan av att han borde ha känt igen flickan vid staketet. Johns liv var inte i ruiner och hans framtid såg inte tröstlös ut. Han hade ett tillfredsställande liv och ett spännande arbete. Hans vardag och fest var full av inspiration och han brukade inte ens grubbla över sitt liv. Ändå var den gnagande känslan lika obehaglig som gränsbevakningens påträngande frågor. Varför hade de velat veta om han hade en hustru eller en flickvän?

Han ställde tankarna åt sidan och koncentrerade sig på sitt kommande möte. John skulle träffa sin kontakt mitt bland bergen på Sydön och det var inte alltför lätt att åka dit. Han hade beslutat sig för att hyra en bil och köra upp till bergen även om det skulle bli en hårresande färd i vänstertrafik.

Alternativet var att ta tåget från Christchurch över ön mot Greymouth på öns motsatta kust, och stiga av halvvägs uppe i bergen. John hade dock hört att Kiwi Scenic Rail var långsam och ofta försenad så han ville inte ta risken att fastna uppe i bergen. Han ville inte att någon utomstående skulle bära ansvaret för att hans uppdrag ruinerades. Han kunde handskas med tidtabeller, som han byggde upp själv.

John behövde inte köra länge med sin hyrda terrängbil innan de första fåren betade längs vägen. Han hade valt en terrängbil för han var inte säker på hur branta vägarna var uppe i bergen. Vägarna var inte särskilt trafikerade så han behövde inte oroa sig för något kaos, när han ovant körde på vägens vänstra sida. Efter en stund blev de gräsbeklädda slätterna allt brantare, och snart betade fåren längs vägen i ståtliga bergslandskap.

December betydde full sommar på södra halvklotet. I Nya Zeeland innebar det mindre regn än vanligt och solen hade faktiskt värmt honom lite under förmiddagen i Christchurch. I bergen var det dock inte särskilt hett även om solen gassade på för fulla muggar. De snöklädda bergstopparna i horisonten speglade solskenet så att han bländades och han trädde försiktigt på sig sina solglasögon. Det var svårt att koncentrera sig på vägen, för han ville inte slita ögonen från det vackra alplandskapet.

När han svängde in på tågstationens parkeringsplats i Arthur's Pass, var det nära att han skulle ha kört på en konstig fågel. Den såg rentav förhistorisk ut, och så klumpig att den knappast ens kunde flyga. Hela uppdraget började kännas allt mera underligt. Tågstationen var öde, som om den väntade på att dagens enda tågförbindelse skulle anlända först om åtskilliga timmar. John tittade på sin klocka och konstaterade att det var två timmar tills han skulle träffa sin kontakt.

Träffen skulle äga rum vid ett vattenfall, som kallades för Devil's Punchbowl, och det befann sig ungefär en halvtimme från Arthur's Pass centrum, mitt inne i skogen och mitt bland bergen. En karta berättade hur man kom till vattenfallet längs en naturstig. John beslöt sig för att långsamt gå mot sitt mål så att han kände sig hemmastadd när hans kontakt väl skulle dyka upp.

Luften var så frisk att den tycktes tränga in i helt nya vrår av hans lungor. Med lätta steg gick John mot sitt mål och tänkte på sitt uppdrag. Hans chef på inrikesministeriet hade kallat på honom, precis som alltid tidigare när ett konkret säkerhetspolitiskt hot mot Finland dök upp. Oftast var det något som krävde åtgärder utomlands och John skickades ut med låg profil. Han kallades inte för en agent, utan för en säkerhetspolitisk rådgivare, eller ibland helt enkelt för en konsult. Den här gången skulle han kolla upp ett tips som hade kommit från Nya Zeeland.

Samtidigt som stormakterna hade paralyserats av offentliga avslöjanden från sina egna agenter, hade flera arbetstagare inom underrättelsetjänsterna valt att begära avsked. De hade inte blivit tvungna att gömma sig som avhoppare, men de hade valt att flytta till främmande länder. Där hade de byggt upp nya liv utan häxjakt från varken de egna eller från främmande makter. En av dem var Derek Moresnow, som hade flyttat till Nya Zeeland för att bo som en eremit någonstans i bergen.

Trots att Derek hade lämnat sitt förra jobb inom underrättelsetjänsten, hade han fortfarande kvar sina före detta kolleger och kontakter samt tillgång till värdefull data. Det var något av dessa som hade fått honom att kontakta Johns chef på det finländska inrikesministeriet. Något hade alarmerat Derek att finländare kunde vara i fara, och John hade skickats till Derek för att reda ut vad.

Bodde Derek någonstans nära Arthur's Pass? Bodde han i skogen i en alphydda? Hade han tillgång till Internet? Blev han isolerad under vinterns snöstormar uppe i bergen? Gjorde det någon skillnad? Hur hade han fått tillgång till värdefull information mitt ute i ingenstans? John skulle få veta det snart.

En skylt pekade mot naturstigens riktning och John gick över en bro in i skogen. En glänta avslöjade en skymt av det vackra vattenfallet långt borta. Molnen började hopa sig och John kände på sig att han skulle få känna av det nyckfulla vädret ännu innan han hade träffat Derek. Ett regn kunde överraska närsomhelst uppe i bergen.

Efter en rask promenad stod han vid foten av Devil's Punchbowl. Vattenfallet var rätt smalt, men högt. Det var inte mäktigt som världens mest kända och bredaste duschar, men vinden spred vattendropparna över ett stort område. John var inte säker på om regnet hade börjat redan eller inte, när naturmiraklet smekte hans ansikte. Vattenmassorna dängde mot de slätslipade stenarna innan de störtade vidare som forsar mot lugnare flodfåror.

Plötsligt var den där. Ena sekunden dunsade bara vatten mot stenarna och andra sekunden låg en kropp på dem. Det livlösa ansiktet stirrade mot honom bakom den vattengardin som omslöt den döda kroppen. Det var ingen tvekan om att det var Derek Moresnow. För några sekunder sedan hade han levt en eremits lugna liv, och nu hade en livslängd avslutats mot hårda, våta stenar i ett bedårande landskap.

Johns blick gled uppåt längs vattenfallet, oändligt högt upp mot himlen och de regnfyllda molnen. Det såg ut som om vattenmassorna dök upp från tomma intet fastän han visste att någonstans bakom kanten fanns ytterligare forsar och smältande glaciär. Och där uppe, vid sidan av vattnet, stod en människa på den torra kanten och blickade ned mot honom och den döda kroppen.

Det var långt till vattenfallets topp, men John urskilde att det var en flicka. Han kunde till och med se att ansiktet hade asiatiska drag. Han kände igen japanska ansiktsdrag och för en sekund tyckte han sig se en geisha. Och så var figuren borta.

John visste att flickan hade knuffat Derek Moresnow nerför vattenfallet. Hon var dock för långt borta för att han skulle hinna fatt henne. Han skulle inte kunna jaga henne bland de ogästvänliga bergen. Det var viktigare att försöka få tag på en ledtråd till vad Derek hade velat berätta åt honom. För det var väl därför som den japanska flickan hade tystat honom? För att hindra honom från att berätta vilken fara som hotade Finland?

Derek Moresnows kropp fastnade mellan två stora stenar så att vattenmassorna inte lyckades knuffa honom framåt längre. John böjde sig över honom och började gräva i den döda mannens fickor. Han hittade några nycklar som antagligen tillhörde Dereks bostad. John tog dem för att undersöka huset, om han hittade det. John hittade inget annat som kunde vara intressant.

Den finska säkerhetspolitiska rådgivaren ryggade tillbaka för att gå från brottsplatsen, då han märkte något konstigt. Dereks vänstra hand var hårt sammanknuten, medan den högra var öppen. Försiktigt men bestämt bände John upp den döde mannens fingrar och upptäckte att något fanns i hans knytnäve. Det var en papperslapp, som höll på att brytas upp i dyblöta strimlor. Något var skrivet med blyerts på papperet.

I sista stund lyckades John urskilja ordet "Huihai-jan" innan vätan skalade papperet till cellulosa och till tusentals små atomer. Det såg ut som om någon hade bestämt att papperet var något som måste bort. Och att Derek Moresnow måste bort.

Helsingfors, Finland

"I drömmen var du en hemlig agent igen? Och på ett hemligt uppdrag i Nya Zeeland?"

"Ja. Jag var John From igen. Det kändes påtagligt verkligt. Som om jag verkligen var där. På andra sidan av jordklotet."

"Kändes den här drömmen annorlunda än dina tidigare John From-drömmar?"

Min terapeut böjde på huvudet och tittade på mig över sina glasögon som om hon inte behövde dem överhuvudtaget. Eller var avsikten att jag skulle se hennes ögon? Att övertyga mig om att hon tog mig på allvar?

"Nej. Det var precis som tidigare", svarade jag. "Men det kändes som om drömmen var en historia, som aldrig fick ett tillfredsställande slut. Jag vet varken vad ordet på lappen betydde eller vem som mördade Derek Moresnow."

"Det gör väl knappast någon skillnad", sade Brita Lagerstrand. "Det var ju bara en dröm och du skulle ha vaknat upp ur den förr eller senare. Utan att händelserna i drömmen hade fått sin förklaring."

Brita var min psykiater och det var inte första gången hon hade lyssnat på min redogörelse över en dröm. Det fanns dock ingen orsak att bespara henne mina historier. Det var ju det hon fick betalt för. Och drömmarna var kanske det mest intressanta jag kunde bidra med när det gällde mitt tillstånd. Det var nämligen så att en del av min verklighet var bortspolad. Jag brukade besöka Brita Lagerstrand därför att jag led av en partiell minnesförlust.

Vem vet? Kanske mina drömmar om John From kunde utgöra nyckeln till mitt förlorade minne? Det var värt ett försök, för jag ville verkligen veta vad som hade skett under året som hade gått. Jag ville att Brita skulle hjälpa mig att hitta det som hade försvunnit någonstans i min labyrint av hjärnceller.

Om det överhuvudtaget kunde hämtas tillbaka. Ifall jag inte hade glömt verkligheten av min egen vilja. Ifall det inte hade skett något som hade fått mig att skydda mitt inre från mina egna minnen. Ifall min självbevarelsedrift inte hade tvingat mig att förtränga något som måste bort.

"Flickan då?" frågade Brita. "Var hon bekant på något sätt? Kunde hon symbolisera något viktigt i ditt liv?"

"Ingen aning", svarade jag uppriktigt. "Hon såg bekant ut och hon verkade intressant på något sätt, men jag kan inte placera henne någonstans. Och vi talar förstås om den mystiska flickan vid kyrkoruinen, inte om den japanska mörderskan."

"Förresten, hur är det med dina parrelationer för tillfället?" frågade Brita med en prövande blick. "Under dina besök här har vi inte varit inne på det ämnet ännu."

Jag borde ha sett det komma. Visst hade vi undvikit ämnet och jag hade tagit för givet att mitt tillstånd berodde på min arbetslöshet, men det var trots allt psykiaterns uppgift att reda ut även andra möjligheter. Såsom misslyckade parförhållanden. Men det fanns inget att berätta.

"Det har gått fem år sedan jag sällskapade med någon", sade jag med en ursäktande röst. Som om jag var en onormal, misslyckad individ med plikt att förklara varför något hade gått fel.

"Det är rätt länge sedan", sade Brita och det bekräftade att jag kanske borde ha lyft fram någon färskare tillfällig förbindelse istället.

"Jag har inte känt något behov av att vara med någon", förklarade jag ärligt för det var så. Jag saknade inte någon kvinna och jag trivdes utmärkt för mig själv i min lilla lägenhet. Naturligtvis betraktades jag som en eremit på samma sätt som Derek Moresnow hade varit, men det störde mig inte. Visst var jag lite underlig, men det kunde väl ändå inte vara orsaken till att jag hade förlorat minnet?

"Sociala kontakter är viktiga i ens välbefinnande", sade Brita trevande och jag blängde på henne.

Min psykiater var en kort, men bastant kvinna i 40-årsåldern, ungefär lika gammal som jag. Brita Lagerstrand såg rentav stark ut. Om jag hade fått gissa hennes yrke utgående från hennes uppenbarelse, skulle jag nog ha satsat mina kort på byggnadsarbetare snarare än psykiater. Under våra tre sessioner hittills hade hennes frågor dock fått mig att begrunda mitt liv på ett positivt sätt, så jag antog att hon kunde sin sak.

"Det var en befrielse när min flickvän åkte ur mitt liv för fem år sedan", sade jag. "Hon var en alkoholist och hon lyckades krossa mina behov av att dela mitt liv med någon."

"Jag förstår", sade Brita med en djup empatisk suck. "Men behovet har inte väckts upp igen? Under fem år hinner många sår läka, och alla nya bekantskaper skapar knappast förödelse."

"Jag vet och jag erkänner. Det har gått en lång tid. Men det känns nog synnerligen osannolikt att bristen på ett parförhållande skulle vara inblandad i detta."

"Du tror fortfarande att det har något med din arbetslöshet att göra?" frågade Brita.

Jag satte mig tillrätta i hennes fåtölj och tittade på klockan. En kvart återstod av min avtalade tid.

"Under hösten kändes jobbsökandet tyngre och mera hopplöst än någonsin", sade jag och märkte att min röst bröt i en lätt darrning. "Ansökningarna ledde inte ens till några intervjuer och det började kännas som om mina ansträngningar var ett slöseri med alla parters tid. Allt det här har jag berättat redan tidigare."

"Det är sant", sade Brita. "Jag har lyssnat några gånger på våra arkiverade samtal. Och som jag sade senast, dina symptom lät som om du vore utbränd, hur otroligt det än låter. Det är något som man vanligtvis associerar med personer som har alltför mycket arbete och som plötsligt överstiger en tålighetsgräns. En morgon vaknar en stressad person, fullständigt inkapabel att ta sig ur sängen. Trots att dagen är full av viktiga möten och tidsgränser. Tillståndet som oftast kallas för burn-out kan också ha biverkningar såsom partiell minnesförlust."

"Även om jag är arbetslös har jag fått burn-out", upprepade jag småskrattande. "Något som hårt arbetande, stressade personer kan lida av. Andra än jag."

"Även om du inte har jobbat, har du varit stressad och under hård press på samma sätt som de där karriärmänniskorna", sade Brita med en nickning.

"Det låter logiskt", sade jag tankfullt. "Det finns dock en del frågor kring min minnesförlust som fortfarande kräver utredningar. Något som knappast har med arbetslöshet att göra."

"Du menar andra utredningar än dem som jag kan hjälpa med?" frågade Brita. "Jag kan assistera bara med att leta efter sanningen i ditt inre."

"Jag vet", svarade jag. "Jag skall ringa upp en poliskonstapel i Raseborg. En Stefan Rundberg. Enligt mamma hade jag nämnt hans namn när jag besökte Raseborg i våras och somras. Han kanske vet något om mitt tillstånd."

"Det låter vettigt", sade Brita efter att hon tyst hade tittat på mig under några sekunder. Det verkade som om hon inte riktigt visste vad jag ville av henne.

"Jag tänkte ringa upp honom ikväll", sade jag. "Något säger mig att jag kommer att behöva dina råd efter det samtalet. Att jag behöver förstå mig själv bättre efter att jag fått veta mera om mina förehavanden i västra Nyland."

"Okay. Faktum är att du har två besök kvar av den terapikedja, som din läkare beordrade dig. Om du vill, kan jag ge en tid redan nästa fredag, på nyårsafton."

"Det låter bra", sade jag lättad. Jag hade klarat av julen i mitt förvirrade tillstånd och fått en session med Brita genast efter annandag jul. Nu skulle jag få ännu en ny session innan året byttes ut till ett nytt år. Det kändes bra. Jag steg upp från fåtöljen för det var dags för Brita att ta emot nästa patient.

"Du har nog gjort framsteg sedan vårt första möte, Jonas Österfelt", sade min psykiater med ett leende. Hon steg upp ur sin fåtölj för att skaka hand med mig och jag förundrade mig igen över hur kort och bastant hon var.

"Jag tycker det också", sade jag uppriktigt. "Men det skulle nog vara roligt att få svar på alla återstående frågor."

Helsingfors, Finland

Världen utanför Brita Lagerstrands rum var fortfarande stillsam. Trots att mellandagarna var vanliga arbetsdagar, hade många tagit ledigt mellan jul och nyår. Få människor promenerade på stadens trottoarer, spårvagnarna rullade halvtomma och bilarna körde i kortare köer än normalt.

Julen hade varit jobbig. Eller snarare svår, för man kan väl knappast kalla något för jobbigt när man är arbetslös. Jag, en 44-årig man, hade åkt till mamma i Ekenäs och vi hade tillbringat julen på tumanhand. Alltsedan pappa hade dött förra sommaren hade mamma levt ensam i deras lilla egnahemshus på Östra strandgatan strax intill Ekenäs gamla stad. Hon hade varit jätteglad över att inte bli tvungen att tillbringa julen ensam. Mitt beslut att åka till Ekenäs hade dock inte varit en uppoffring till hennes förmån. Nej, det hade varit riktigt behagligt att åka dit istället för att tillbringa julen ensam hemma i Vallgård i Helsingfors. Men ändå hade det känts tungt. För både mamma och mig hade det varit första julen utan pappa.

Mamma hade lagat alla lådor som vanligt även om de hade varit i mindre proportioner än under tidigare år. Kålrotslåda, morotslåda och potatislåda.

Det hade också varit lutfisk med vitsås, åtminstone två olika sillar och gravad lax. Rosoll med vispgrädde och kokt ägg. Och julskinka naturligtvis. Med en stark senap enligt pappas gamla recept, även om den inte hade smakat som pappas senap. Själv hade jag försökt mig på något nytt precis som tidigare år, och det hade sett lika malplacerat ut på julbordet som alltid tidigare. Den här gången hade jag gjort en leverpastej i terrin övertäckt med kanderade apelsinskivor. Jag vet. Det kunde ha varit gott, men det var det inte.

Vi hade tittat på tv i tystnad och lyssnat på julsånger. Vi hade ätit ungefär en tiondel av allt som funnits på julbordet. Vi hade ringt min syster och känt den påtagliga ivern av hennes barn Ylva och Yngve, som febrilt väntade på julgubben. De skulle tillbringa julafton hos farmor och farfar i Salo, och de skulle besöka Ekenäs först på annandagen, när jag redan var på väg tillbaka till Helsingfors. Mamma och jag hade tyst tittat ut genom fönstret för att se om vi skulle se en skymt av julgubben, som förväntades gå till grannen, där småbarn väntade. Vi hade sett en mörk stad och våra tankar hade varit hos pappa.

Och det var verkligen en mörk stad. Det hade blivit en svart jul med plusgrader även om alla hade önskat sig lite snö och vitt ljus. Mörkret hade övermannat Helsingfors även nu. Jag hade varit en av Britas sista kunder för dagen och jag gick från hennes mottagning till mitt hem i Vallgård. Trots att mellandagarna hade fört med sig en ordentlig köldknäpp, hade det fortfarande inte snöat.

Jag gick längs parken invid Vallgårds koloniträdgård och tittade över de små idylliska stugorna, som väntade på sommaren och en ny blomstring. Deras ägare hade lagt dem i vinterträda och inga ljus vittnade ens om någon sporadisk besökare. En skarp röklukt avslöjade dock att någon brände ved i sin spis för att desperat försöka skapa lite julstämning. De försökte simulera en småstadsidyll även om både snön och värmen saknades. Antagligen hade de något som jag inte förstod att jag borde sakna.

Ett rullande ljud hördes från Tavastvägens långa bro, och även om jag visste vad ljudet var, blev jag förvånad. Tänk att pojkarna ville åka på sina rullbrädor även under kalla, mörka vintern! Bron var så bred att under den kunde de rulla fram och tillbaka i skydd från både regn och snö. Det var något som jag ville lära mig att förstå. Hur kände man glädje av att åka tio meter framåt och sedan tio meter bakåt igen, fram och tillbaka? Som om man vore en mus i ett springhjul.

Ett frostigt, torrt lönnlöv frasade till hundratals små bitar under min skos botten. En gatlampa förmådde inte lysa upp vintermörkret särskilt långt och min skugga åts snabbt upp av allt det svarta omkring mig. Som om mörkret hade beslutit sig för att någondera av oss måste bort och att min skugga var lättare att kapa än min tunga kropp. Jag suckade inom mig. Den här årstiden var verkligen inte lätt för oss deprimerade människospillror. Den här årstiden måste vara guldtider för alla psykologer och psykiater.

I mitten av november hade jag förstått att allt inte var som det borde vara med mig. Jag hade varit mera nedstämd än vanligt och arbetslösheten hade känts tyngre än tidigare. Samtidigt hade det plötsligt känts som om en stor del av våren och sommaren var raderad från mitt minne. Hur mycket jag än försökte, lyckades jag inte minnas något speciellt från de senaste månaderna. Alla dagar hade varit sig lika. Fulla av en arbetslös människas rutiner med biblioteksbesök, jobbansökningar, matlagning och tv-tittande. När jag försökte minnas något från juli, kunde jag inte erinra mig om julihändelserna var från detta år eller föregående år. Allt verkade så lika. Först hade jag vägrat att se det som ett problem. Även friska, arbetande människor förlorade tidskänslan. De ojade och vojade sig över att något som hänt för tio år sedan kändes som för ett år sedan. Det var inget konstigt med det. Tiden flyger. Men för mig hade det konkretiserats i mitten av november efter ett telefonsamtal med mamma.

Helt förbigående hade hon frågat om jag hade utfört några detektivuppdrag den senaste tiden. Snabbt, kanske alltför snabbt, hade jag gett henne ett nekande svar. Det var tyst på den fronten. I själva verket hade jag blivit skräckslagen av frågan, för jag hade totalt glömt bort att jag hade lekt detektiv under året som gått. Jag visste att jag hade haft ett eller två uppdrag, men jag kunde inte minnas ett dugg från dem. Även om de hade skett för bara några månader sedan! Och även om det var fråga om detektivuppdrag, något som verkligen ställer sig utanför de tråkiga, enformiga rutinerna! Jag hade omedelbart förstått att jag måste låta läkarna undersöka mitt minne och min hjärna.

Det var faktiskt bara detektivuppdragen som var som bortspolade. Under våren och sommaren hade pappa fått hjärnblödning och han hade blivit en hjälplös patient med mamma som egenvårdare. I augusti hade han sedan dött. Jag mindes hans tillstånd, mammas stress och begravningen. Men jag mindes inget om de detektivuppdrag som jag hade haft under samma tider. Det kändes som om mitt minne hade valt att glömma bort valda bitar av året som gått. Det var verkligen konstigt. Som om väl valda delar av mitt inre förträngdes, antingen av min egen vilja eller mot min vilja.

Hälsovårdscentralens läkare hade först velat undersöka om det gick att eliminera fysiska skador som orsak till mitt tillstånd. Jag hade skickats till en hjärnröntgen och de hade tagit en film med min hjärnaktivitet och de hade tagit bilder av mina hjärnceller, där de letade efter mystiska svarta fläckar. Inget hade hittats och min läkare hade skickat mig till följande skede i letandet efter symptom och orsak. Jag skulle beställa tid till en psykiater för att vi skulle undersöka om en traumatisk stress av någon orsak hade klippt av min minnesfilm.

Jag hade beställt tid till en svenskspråkig psykiater och under mitt första besök, för fyra veckor sedan, hade jag hänvisats till Brita Lagerstrand. Vi hade kommit bra överens från första början och jag kände mig faktiskt lite bättre än i november. Hon hade lyckats få mig att tänka i mera fruktsamma banor än mina deprimerade, monotona, arbetslösa tankar. Först hade hon trott att min stress eller burn-out hade berott på pappas död. När jag hade förklarat att arbetslösheten hade blivit en psykisk börda för mig, hade hon nog trott att det hade bidragit till min konstiga minnesförlust.

Men jag ville veta mera. Under julen hade jag naturligtvis inte avslöjat för mamma om min minnesförlust eller om mina hjärnundersökningar, för jag ville inte oroa den nyblivna änkan alltför mycket. Men i samband med något skvaller om någon, hade mamma dock sagt något om polismannen Stefan Rundberg. Hon hade påpekat i förbigående att det var han som hade hjälpt mig i mina detektivundersökningar i västra Nyland. Jag hade omedelbart förstått att det var honom jag borde ringa till. Det skulle ske ikväll, för jag hade inte velat störa honom under julen.

Jag drog min tjocka vinterrock tätare om mig. Ett iskallt korsdrag blåste längs hörnet av Sturegatan och Tavastvägen. Några torra löv virvlade runt som gigantiska snöflingor även om snön var något som fortfarande inte fanns. Jag var nästan hemma i min trygga, varma lya. Platsen, dit inga utomstående kom för att störa min ro och min trygga vardag. Jag kom till mitt hem som upprätthölls av rutiner och dit inga inkräktare kom för att störa det stillsamma livet. Där ingen måste bort, för ingen irrade dit.

Men det var ändå där som oron gnagde inom mig. För jag visste att något hade hänt under våren, sommaren eller förhösten. Något som var allt annat än rutin, och det hade något att göra med spännande detektivarbete. För jag mindes att något hade hänt, men jag mindes inte vad. Och det fanns en orsak till att jag inte mindes det. Jag hade ett nytt detektivarbete framför mig. Denna gång var uppdragsgivaren jag själv. Och även målet var jag själv. Men jag hoppades att minnet inte skulle avslöja att jag var ett offer. Eller att jag var skyldig till något otäckt. För det var en avsevärd risk, då jag valt att börja gräva i mitt minne.

KAPITEL 2

Tokyo, Japan

John From var förundrad över hur rent allt var. I över en halvtimme hade han gått med papperet från en glasspinne i sin hand för han hittade ingen skräpkorg att lägga rosket i. Ändå vågade han inte slänga papperet på gatan, för ingen annan gjorde det heller. Han ville inte samla uppmärksamhet genom att göra något så oerhört som att fälla skräp på gatan.

Han hade promenerat ett kvarter från en komplicerad metrostation, där han hade trängts med tusentals pendlare. Tåget hade varit så fullt av passagerare att han inte hade kunnat röra sig även om han hade känt ett stort behov av det. Han hade nämligen tyckt sig se en flicka med västerländska, bekanta ansiktsdrag längre fram i vagnen. Oändligt långt borta med tiotals mobiltelefonknapprande japaner mellan honom och henne. Flickan hade sett exakt lika ut som den okända flickan vid kyrkoruinen i Christchurch. Flickan som han inte kunde placera var han hade sett henne tidigare. Hon hade inte tittat åt hans håll nu heller. Hon hade fortsatt sin metrofärd efter att John hade varit tvungen att stiga av.

Det hade varit svårt att orientera sig, för en kvarterskarta med japanska symboler hade på ett missvisande sätt låtit norr peka nedåt. Hans destination hade verkat lika ouppnåelig som den främmande, men på något sätt bekanta flickan i metron. Nu verkade han dock vara på väg åt rätt håll, för den elektroniska dansmusiken dånade allt mera högljutt. Det var inget tvivel om att han närmade sig Akihabara-stadsdelen. När han rundade ett gatuhörn, befann han sig plötsligt mitt bland tusentals ungdomar i ett gigantiskt gatudiskotek.

Men det konstiga var att ingen dansade. Alla var ute på gatan för att shoppa och helst till trummande, elektronisk musik, som på ett hypnotiskt sätt fick alla i trans. Kanske avsikten var att hypnotisera alla att shoppa tills alla pengar hade pressats ur dem. Gatan hade normalt sju körfiler men hela kvarteret var avstängt från trafik för att folkmassorna skulle ha bättre tillgång till de kommersiella tjänsterna. Ingen verkade sakna bilarna och bristen på bilister verkade inte påverka konsumtionsivern.

Hur hade han kommit till detta främmande ställe? John From hade följt ett spår från Nya Zeeland till Japan och det var ett verkligt långsökt spår. I Johns hemland sades det dock att även blinda hönor kunde hitta ett frö ibland. Han kunde inget annat än hoppas på ett mirakel. Det var möjligt att Derek Moresnows mördare fanns bland alla dessa musikgalna, shoppingtokiga japaner i det overkliga Akihabara-distriktet.

Med hjälp av underrättelsetjänstens kontakter och kommunikationskanaler hade John lyckats ta reda på exakt var i Arthur's Pass Derek Moresnows stuga befann sig. Nycklarna hade passat in i dörren, men John hade inte hittat några ledtrådar till vad Derek hade vetat och vad han hade velat dela med sig. Det nedtecknade ordet Huihai-jan hade inte fått någon förklaring och en snabb ordsökning på Internet hade inte heller gett några ledtrådar. Så det enda som hade återstått var att koncentrera sig på den japanska mörderskan.

Det hade legat något proffsigt över hennes sätt att agera, röra sig och gömma sig under den korta sekund som John hade sett henne vid vattenfallet. Om den japanska flickan var en lejd mördare, fanns det en möjlighet att Johns kolleger kände till henne. Det hade visat sig vara värt ett försök, för han fick napp, när han frågade råd av sina tillförlitliga kolleger över ett krypterat socialt forum. Johns franska kontakt hade hört rykten om en japansk ung kvinna, som anlitades av terrorister som konsult. Eftersom hon var bara ett rykte, hade ingen sett ett behov av att undersöka henne mera noggrant. Fransmannen hade bara hört rykten om att hon brukade anlitas på hennes hemmaplan i Akihabara i Tokyo.

Kombinationen av finländare i samband med terrorismrykten samt attacken mot kontaktpersonen i Nya Zeeland hade varit alarmerande. John Froms förman hade skickat honom till Tokyo för att undersöka den vaga ledtråden. Och så hade han tröttat ut sig själv med nattflyg igen, via Sydney och Hongkong. Tröttheten hade fått honom att nicka till några gånger under flyget, även om han aldrig sov på flygplan. Han hade till och med haft några konstiga drömmar. Något om ett stillsamt, rutinartat liv i Finland. Något alldeles overkligt.

Det kändes som om han aldrig skulle kunna bli pigg igen. De långa, frekventa flygresorna fick honom att känna sig gammal. Den ungdomliga, fartfyllda diskomusiken fick honom att känna sig uråldrig. Huvudvärken dånade i hans hjärna i takt med den maskinella, dunkande rytmen. Han kände sig bortkollrad bland alla de unga människorna i individuella, moderiktiga kläder. Han hade trott att han skulle smälta in i massan genom att välja korrekta, vanliga kläder, men i själva verket såg han ovanlig ut i sin vanliga utstyrsel. De unga tittade på honom och det berodde inte på att han var huvudet längre än de flesta andra i trängseln.

Överraskande nog var de flesta shopparna unga män. Akihabaras specialitet var elektronik i alla former: kameror, mobiltelefoner, spel, bärbara datorer och alla tänkbara tillbehör. Men där det fanns unga nördar fanns det också unga flickor, som förväntades uppfylla nördarnas innersta fantasier. Akihabara var också ett centrum för rollspel och många unga flickor hade tagit med sig sitt rollspel ut på gatan. Flickorna var målade och klädda som fantasifigurer från manga-serieböcker. Med speciell make-up fäste de uppmärksamhet vid stora ögon och oskyldig uppenbarelse som i bästa japansk anime-konst. Kanske de ville uppfylla sin individualitet eller kanske de ville fånga uppmärksamheten från unga män. Det var som en enorm utomhusmaskerad med otaliga rollfigurer.

Det var lätt att föreställa sig hurudant Akihabara var om kvällarna. Hela området badade troligtvis i neonljus, som blinkade japanska bokstäver med budskap som John inte kunde tyda. Gatan var kanske fylld av aptitretande matdofter, när kycklingstrimlor grillades på yakitori-träspett över glödande kol. Eller kanske hungriga shoppare dök ner i en källarlokal, där billiga sushi-portioner gled på löpande band framför sittande kunder.

John nickade förläget mot en ung flicka, som log mot honom under överlånga ögonlockar och dockliknande, plastaktig ansiktsmask. Hon såg lika konstgjord ut som plastmodellerna över gaturestaurangens matportioner i dess skyltfönster. Flickan hade en konstig roll av underkastelse, men samtidigt en stolt, individuell hållning. Höll den traditionella, japanska kvinnorollen som en förlängning av mannens vilja på att försvinna?

När John hade tittat på de individualistiska flickorna en stund, insåg han plötsligt att de inte skiljde sig från varandra särskilt mycket. Deras hållning var likadan även om deras klädval var unika. Och de försökte möta de unga männens ögon. På ett sätt som skulle skapa magi och en framtid åt dem båda. Och musiken skulle understryka det magiska ögonblicket. Och det var då som det magiska ögonblicket slog till åt John. Den blinda hönan hittade sitt värdefulla frö.

En av anime-flickorna hade en helt annorlunda hållning än de andra. Hon verkade lite äldre, och kanske det var därför som det inte fanns en minsta gnutta underkastelse över henne. John skulle inte ha känt igen henne, men hon stelnade till när hon såg honom, och han kände på sig att hon kände igen honom. Under den kraftiga make-upen fanns troligen den japanska flicka, som hade mördat Derek Moresnow.

Bekräftelsen kom när hon började springa iväg, hals över huvud. John From var inte sen att springa efter henne. Hade hon rört sig som anime-flicka i Akihabara för att hon njöt av det? För att man gjorde så i hennes hemkvarter? Eller hade hon stämt träff i förklädnad med någon uppdragsgivare, som skulle skicka iväg henne på något mordiskt uppdrag någonstans i världen? Till Finland? John visste bara att han måste få fast henne så att hon skulle bli utfrågad. Hon måste avslöja vad huihai-jan betydde och varför det utgjorde en fara för finländare.

Anime-flickan hade höga skor med långa, tjocka klackar, precis som hennes rollfigurs skor förväntades ha. De var inte gjorda för en sprint, men flickan sprang ändå rätt snabbt med sina omöjliga skodon. De turkosfärgade lockarna hoppade mot hennes nacke, när hon sprang undan honom. Hon lyckades dribbla mellan folkmassorna, medan John bara krockade mot unga, shoppande män hela tiden. Musiken dånade och trängseln började kännas klaustrofobisk. Plötsligt var hon försvunnen.

John tittade febrilt omkring sig. Få tittade åt hans håll. Kanske det var vanligt att någon sprang på den gigantiska marknadsplatsen. Även om det japanska samhället var återhållsamt och uppskattade små, utdragna gester. Kanske det hörde till platsens rollspel att en snuskig, äldre man jagade en ung anime-flicka. Någon sänkte sin digitala kamera. Någon som hade filmat deras jakt. Någon som var mindre intresserad av John än av den som han hade jagat. Han tittade åt vilket håll kameran varit riktad.

Kameran hade följt den japanska flickans flykt upp längs en husfasad. En spiraltrappa med skyddsgaller slingrade sig uppåt längs en husvägg och han såg anime-flickan springa uppåt. John var inte sen att följa efter.

När John nådde spiraltrappornas topp, stönade han av ansträngning. Han befann sig på kanten av ett hustak och han såg att anime-flickan hade ställt sig på ett räcke ovanför avgrunden till gatan nedanför. Hon hade haft tid att skapa ett arrangemang, som genast väckte hans intresse. Hon höll på att kasta sig mot en vådlig flyktväg. Om hon var rädd, visade hon det inte. Hennes blick var full av utmaning, som om hon var säker på att den omöjliga flykten skulle lyckas.

Strax bortom deras hustak passerade en bro, som fortsatte långt över en flod till andra sidan stranden. Anime-flickan hade slängt ett rep som en lasso mot en balk i brons underrede och repet såg ut att hållas stadigt i balken. Andra ändan av repet var i hennes hand och det verkade som om hon tänkte använda repet som en lian. Hon skulle svinga sig ned från hustaket över det öppna tomrummet nedanför och mot säkerheten någonstans under brons andra sida. Det skulle aldrig lyckas. Nedanför dem gick ett järnvägsspår, som var ett tecken på att en tåglinje slingrade sig mellan höghusen, under bron.

John skakade på huvudet, men hon flinade överlägset. En av dem var överflödig och måste bort. Utan fruktan tog hon steget mot tomma intet och lät lianen dra henne genom luften. När hon närmade sig halvvägs och befann sig rakt över järnvägsspåret, hände det otänkbara. Någonstans mellan våningshusen dök tåget plötsligt upp och stoppade oväntat det svingande repet med dess tyngd. Anime-flickan skulle aldrig nå säkerheten under brons andra sida.

Som en mygga smällde hon mot lokets fönster. John var säker på att han aldrig mera skulle förmå sig att smälla ihop sina handflator för att krossa myggor under finska sommarkvällar. Smällen skulle för evigt påminna honom om hur den japanska anime-flickan mötte sitt öde.

Ett gnisslande ljud vittnade om att tågets nödbromsar hade aktiverats. Det var dags att fly fältet för snart skulle det bli formella undersökningar kring flickans död. John kände sig orolig. Flickans död skulle knappast förhindra de mystiska, farliga terroristplanerna mot finländare, men sanningen kring planerna blev allt svårare att gräva fram.

Det futuristiska Japan påminde honom om att sanningen fanns i framtiden. Någon måste bort, men vem? För att förhindra terroristdådet måste han kunna förutse framtiden. Och om Johns spådomar slog rätt, skulle någon dö. Det rådde inget tvivel om det.

Helsingfors, Finland

"Du ser tankspridd ut, Jonas", sade Brita med en orolig röst. "Rentav förvirrad. Har du tagit medicinerna?"

"Jo", sade jag med blicken på häftet, som Brita hade i handen som minneshjälp. Och visst hade jag på morgonen tagit det antidepressiva läkemedlet, som jag hade fått av Brita efter vår första terapisession. Hon tittade tyst på mig som om hon förväntade sig en förklaring och jag var inte sen att servera henne den.

"Jag såg flickan alldeles nyss", sade jag med en dämpad röst.

"Vilken flicka?"

"Den flicka som John From upplever som bekant, men som han aldrig får möjlighet att prata med."

"Aha, flickan i din dröm", sade Brita med ett leende. "Har den hemliga agenten John From smugit in sig i dina drömmar sedan vi senast sågs?"

"Ja, jag... eller han, var på uppdrag i Japan häromnatten", sade jag. "Och han såg flickan igen."

"Men du sade att du såg henne alldeles nyss?"

"Precis. Hon sitter i läkarmottagningens reception", sade jag. "Hon tog emot min anmälan och hon talade svenska med mig."

"Nu tappade jag nog tråden", sade Brita häpet. "Menar du Anna eller Siiri? De brukar turas om."

"Det stod Anna Tschäder på hennes namnlapp", konstaterade jag lakoniskt.

"Och hon finns i dina drömmar? Hennes roll är att vara en flicka, som John From inte lyckas få kontakt med även om hon har väckt hans uppmärksamhet."

"Alldeles."

"Hur vill din instinkt tolka detta?" frågade Brita med ögonen fastspända i mig.

Jag skruvade besvärat på mig.

"Är du intresserad av henne?"

"Nej", sade jag, kanske lite alltför snabbt.

"Hade ni någon speciell ögonkontakt när du berättade ditt ärende åt henne? När du besökte mig första gången?"

"Inget annat än ett typiskt igenkännande när finlandssvenskar upptäcker att båda parter talar svenska i en omgivning, som domineras av finska. Ett sorts annorlunda sätt att ta den andra i beaktande än om det vore fråga om en kund bland alla andra."

"Hmm", sade Brita. "Borde du ta reda på om hon kunde vara intresserad av dig?"

"Hur då?"

"Fråga om hon vill gå på träff med dig!"

"Med mig? En psykpatient? En av hennes arbetsgivares kunder?"

"Ja, ja, och ja även på den tredje frågan."

"Galenskap."

"Galenskap är mitt yrke", sade Brita och till min förvåning hade hon inte det minimala leendet på läpparna längre. Istället verkade hon mena rent och skärt allvar.

Jag betraktade henne tyst och Brita tolkade det som om jag verkligen funderade på förslaget.

"Hon har alldeles tydligt fångat ditt intresse, eftersom du drömmer om henne. Och som en ouppnåelig varelse till på köpet. Du har nu möjligheten att bevisa att din dröm har fel. Hon behöver inte vara ouppnåelig."

"Jag kom faktiskt hit för att diskutera drömmarna och inte för att bli parad ihop med någon", sade jag beskt.

"Nåväl, vi diskuterade det där senast", sade Brita. "Att det är fem år sedan du sällskapade senast. Och sedan vi senast träffades har du inte funderat mera på dina möjligheter att skapa ett parförhållande?"

"Nej", sade jag och igen hade jag en känsla av att mitt svar kläcktes ur min mun snabbare än vad som var nödvändigt.

Min terapeut betraktade mig igen som om hon försökte läsa ur mig någon annan sanningen än den som jag uttalade. Hon fällde blicken mot sitt häfte och minneshjälpen fick henne att sätta sig käpprak.

"Stefan Rundberg", sade hon bestämt. "Enligt mina minnesanteckningar skulle du ringa upp honom för att höra mera om den tid, som du har glömt bort."

"Precis", sade jag och lät Anna Tschäder försvinna från min inre syn. "Jag fick tag på honom för några kvällar sedan."

"Kom han med några intressanta upplysningar?"

"Förra våren blev jag tydligen inblandad i en knarkhärva i Västnyland och jag fick hjälp av den lokala polisen, speciellt Rundberg."

"Knark?", upprepade Brita intresserat. "Var du själv en missbrukare?"

"Nej", sade jag bestämt, men hajade ändå till för jag kunde väl inte veta det med säkerhet. Eftersom jag led av minnesförlust, kunde ju knarkmissbruk ha något med mitt tillstånd att göra.

"Det finns vissa preparat, som har minnesförlust som biverkningar."

"Nu då du påpekar det, så blev jag faktiskt misstänkt för att använda knark under utredningarna. Men det var ett villospår för att få bort misstankarna från den skyldiga."

"Men om du själv var misstänkt, så måste de väl ha tagit blodprov på dig?" frågade Brita.

"Ja, precis", sade jag tankfullt och koncentrerade mig på att försöka gräva fram minnesbilder av något blodprov. "Antagligen tog de blodprov och de visade noll, för annars skulle nog Stefan ha berättat det under vårt telefonsamtal."

"Okay, vi utesluter knarket då", sade Brita. "Vad mera berättade Stefan?"

"Han sade att mina utredningar inte direkt avslöjade den skyldige, men att polisens fortsatta forskningar ledde till resultat under förhösten. De fick tag på knarkligans chef och allt är lite lugnare nu i Västnyland."

"Vad bra!" sade Brita. "Gratulerar! Men var han inte överraskad över att du ringde upp och frågade vad du hade gjort i trakten?"

"Naturligtvis. Jag fick förklara en hel del om min minnesförlust innan han berättade om våra gemensamma utredningar. Det kändes som om vi överhuvudtaget inte hade utfört dem tillsammans."

"Det måste ha känts konstigt för honom. Men, väckte hans berättelse om era utredningar några minnesbilder hos dig?"

"Ja, faktiskt. Han berättade om människor som vi hade träffat och jag mindes dessa situationer. Samt till och med detaljer från våra diskussioner."

"Du börjar kanske få minnet tillbaka små bitar i taget", sade Brita. "Om minnesförlusten beror på något traumatiskt, så kanske ditt undermedvetande börjar handskas med det nu. Du tillåter dig att ta emot minnesbilder från det som annars skulle påminna dig om det traumatiska. Förstår du vad jag försöker säga?"

"Jag tror det", sade jag tankfullt. "Det att jag bröt ihop under hösten var ett resultat av flera olika saker. Inte bara detektivuppdragen fastän jag förlorade minnet om främst dessa utredningar."

"Du har berättat att arbetslösheten tynger dig mera än någonsin samt att din pappa fick hjärnblödning och att han dog efter några jobbiga månader. Redan dessa situationer kan vara traumatiska. Har du utöver detta även fått minnesbilder från detektivutredningarna, något som chockerat dig?"

Naturligtvis anade hon att det var något som jag höll tillbaka. Det var hennes jobb. Jag visste inom mig vad hon menade. Vad hon hänvisade till. Jag mindes det nu och antagligen hade det funnits i mitt bakhuvud hela tiden. Men varje gång mina tankar snuddade på det farliga, hade mitt undermedvetna tvingat mig att förtränga det. Och det betydde att jag måste glömma allt som hade med detektivutredningarna att göra. Men nu verkade jag vara redo att låta det komma tillbaka igen.

"Någon som du träffade under utredningarna? Kände du någon av dem som missbrukade knarket? Kände du den som polisen haffade efter dina utredningar?"

Det var många frågor, men jag satt bara tyst och tittade på min terapeut. Även om jag betalade för att prata med henne. Det var löjligt. Det var fel. Det var dags.

"Jag blev förrådd", sade jag med en lite grötig röst. "Jag blev utnyttjad. Det var ett sidospår i detektivutredningarna, men det började där."

"Berätta!" sade min terapeut med hela sin kraftiga, bastanta kropp.

"Detektivuppdraget gavs av min barndomsvän, som jag inte hade träffat på många år. Han heter Hubertus von Dunderholm och han bor på Lillböle gård i närheten av Fiskars. Vi var verkligt goda vänner som barn och jag tillbringade en del tid på Lillböle. Kanske det var därför som det kändes så personligt, när det visade sig att han utnyttjade mig för egna behov."

Jag tittade på klockan för att se hur mycket tid vi hade. Hur detaljerat skulle jag berätta om vårens händelser? Det var inte särskilt mycket tid kvar av min terapisession.

"Han var inblandad i knarkhärvan och han utnyttjade mig för att avleda misstankarna från honom. Han blev tvungen att fly till Brasilien utan möjligheter att återvända till Lillböle. Jag vet inte vad som har hänt med honom i Brasilien. Den som polisen anhöll i höstas var någon annan, hans kumpan i Västnyland."

"Det är alltså Hubertus som är den främsta orsaken till din stress?" sade Brita lite misstroget.

"Ja, kan du tänka dig. En simpel barndomsvän. Inte arbetslösheten. Inte pappas grymma öde. Utan han."

"Du behöver inte underskatta hans betydelse. Det finns inget sådant som objektivt mera berättigade stressorsaker än andra. Stressupplevelsen är mycket individuell. Och som sagt, arbetslösheten och din pappas död inverkar säkert också. Upplevelser är alltid en summa av så mycket mera än det som är uppenbart."

"Den bara blev så full av besvikelser", sade jag med svag röst.

"Vilken då?"

"Min återkomst till Västnyland. Efter alla dessa år återvände jag till mina hemtrakter. Och allt blev så beskt."

"Har du åkt dit nu efteråt när dammet väl har lagt sig igen? För att få bättre upplevelser av regionen?"

"Inte sedan pappas begravning i september. Nej, förresten, jag firade julen med mamma i Ekenäs."

"Kändes det behagligare än dina detektivuppdrag där?"

"Ja, det gjorde det nog, även om pappa inte var närvarande längre. "

"Ibland lönar det sig att möta demonerna", sade min terapeut.

"Det stämmer säkert", sade jag fundersamt.

"Har du funderat på att åka till Lillböle för att möta demonerna som har att göra med din barndomsvän?"

"Nej."

"En dag är du säkert redo att återvända till Fiskars."

"Hmm", mumlade jag och såg att min tid började vara slut. Jag reste mig, lite omtumlad av alla mina avslöjanden, som kanske inte var så revolutionerande som jag själv hade ansett dem vara.

"En session kvar", sade Brita Lagerstrand och bläddrade i sin kalender. "Vi hann inte ge oss närmare in på en analys av dina drömmar, men det kan vi kanske fortsätta med nästa gång. Och på samma gång summerar vi ihop allt vi har kommit fram till under de sex gånger, som du har diskuterat de här sakerna med mig."

"Låter bra", sade jag och gjorde mig redo att gå ut i vintermörkret igen.

"Vänta", sade Brita och lade sitt häfte på arbetsbordet. "Du kanske inte vill möta demonerna i Lillböle ännu, men kanske du kan möta din demon i vår reception?"

Jag fnös åt Britas skämt. Jag förstod nog vad hon syftade på.

"Men kanske vi skall låta bli att kalla Anna Tschäder för en demon", sade Brita gäckande. "Hon kan ju rentav vara en ängel."

"Det är just det som det är fråga om", sade jag och försökte svara med samma mynt. "Någondera måste bort. Ängeln eller demonen."

Helsingfors, Finland

Det sprakade och visslade skarpt någonstans i min omedelbara närhet och jag hajade till. Även om jag var beredd på oljuden, skrämde de mig. Någon fnittrade i det kala buskaget i parkens mörker, men jag brydde mig inte om att titta åt det hållet. Jag hoppades att ingen raket skulle frasa iväg åt mitt håll. De kunde åstadkomma blindhet och jag tyckte att vintermörkret hindrade min syn alldeles tillräckligt redan.

Det var fortfarande flera timmar kvar tills det gamla året byttes ut till ett nytt, men ungdomarna smällde sina raketer för fulla muggar redan. Inte ens regnet verkade störa dem. Nyårsaftonen skulle bli våtare än under mannaminne och då avsåg man inte alkoholdrickande. Ett ihållande regn utlovades till hela kvällen och det väntades inte finnas en gnutta snö bland alla dessa regndroppar. Men en ändring var på kommande. Om två dagar skulle det bli kallare utan att det blev torrare. Meteorologerna lovade snö.

Ett nytt år var på kommande. Bättre tider utlovades. Men vad betydde det för mig? Åter ett år hade gått utan att jag hade lyckats få en arbetsplats. Varför skulle ett underverk ske under det kommande året? Hade jag förlorat hoppet på mirakel samtidigt som jag hade förlorat mitt minne?

Jag hade troligtvis varit Brita Lagerstrands sista kund detta år. Hon skulle åka hem och antagligen äta kanapéer med leverpastejer eller Parmaskinka och glatt fira det nya året. Efter firandet skulle det bli en ny dag och hon skulle åka till sin mottagning och öppna det nya året med en ny patient och nya terapier. På samma sätt som året innan. Var det min dröm? Att få ett arbete fullt av monotona rutiner och dagar som ser likadana ut? Var det min stora olycka att jag hade misslyckats med att få ett sådant öde?

Något grävde inom mig och det kändes obehagligt. Något var på kommande och det var inte enbart ett nytt år. Det var något annat än en terrorattack mot finländare, som John From hade skickats ut i världen för att förhindra. Det var något annat än min arbetslöshet och något annat än min minnesförlust. Det var en föraning om något. Om något som måste bort. Något som jag måste förhindra. Eller var det något nytt?

Framför mig gick en pojke och en flicka tätt mot varandra under en gemensam kappa som de trätt över sina huvuden. Regnet strilade runt dem längs veck i kappan och den såg ut som ett stort provisoriskt paraply. De hade hittat en egen väg för att skydda sig mot världens motgångar. De märkte mig inte. De var upptagna av sig själva. De gick mot ett nytt år fulla av förtroende om att allt skulle gå bra. Det kändes som om jag inte ens existerade i deras värld.

Jag hade inte varit helt ärlig med Brita. Minnet började komma tillbaka. Samtalet med Stefan Rundberg hade hämtat tillbaka en hel del av allt det som jag hade förträngt under året. Det var minnen fulla av besvikelser men de var inte särskilt traumatiska. I själva verket var jag besviken på mig själv. Det låg inget särskilt dramatiskt bakom min minnesförlust, bara en sorts bedövad, ointressant och oinspirerad känsla. Jag hade helt enkelt blivit utled på mitt liv, och av någon konstig anledning hade jag glömt bort min rutinartade, tråkiga vardag. Jag kunde väl inte berätta en sådan vidrig sak åt Brita? Eller kunde jag?

Det uppdrag som jag hade berättat om, hade verkligen skett. Jag hade kallats till Fiskars och jag hade undersökt ett konstigt dödsfall. Jag hade blivit förrådd av min barndomskamrat och jag hade fortsat med att leva mitt liv. Men jag mindes nu att jag under sommaren hade blivit engagerad med även ett annat uppdrag i Västnyland. Även det hade medfört besvikelser och en känsla av att jag inte bestämde över mitt eget liv. Det faktumet hade förstärkts då pappa plötsligt hade fått sin hjärnblödning och då han några månader senare hade avlidit. Vi bestämmer inte över vårt eget liv. Hur mycket jag än försökte, skulle jag inte få ett arbete om inte någon annan bestämde sig för att ge mig ett arbete. Och jag skulle inte kunna påverka någon sådan person. Det var jag nu övertygad om.

Men kanske det ändå fanns en liten gnutta inom mig som hoppades ännu? Som litade på att bättre tider var på kommande? För hemma väntade något som jag hade tänkt unna mig själv under årets sista kväll. Det var en sådan lyx som tydde på att även i min situation vill man skapa lite njutning. Jag ville försöka bygga upp lite självförtroende för kommande utmaningar. Jag hade köpt något alldeles speciellt att laga till festmiddag. Bland närköpets frysvaror hade jag upptäckt strutsbiffar och det lät som något utöver det normala. Två strutsbiffar skulle jag steka kvällen till ära och jag skulle njuta av båda två. Kanske min rönnbärsgelé kunde passa med biffarna? Det kunde inte skada att pröva. Och det skulle bli duchessepotatis till.

Mina ben började bära mig allt snabbare mot mitt hem. Jag steg i en vattenpöl, när jag korsade Backasgatan, men det gjorde ingenting. Jag höll på att närma mig mitt hem. Det befann sig bland våningshusen i bortre Vallgård sett från Helsingfors centrum. Det veka ljuset från gatlyktor, elektriska ljusstakar i invånarnas fönster och skyltfönster suddades ut till otydliga punkter utan början och utan slut. Vattendropparna fick konturerna att flyta ut i olika dimensioner. Det kändes som om jag befann mig i en dröm.

Ett plötsligt fyrverkeri lyste upp natthimlen som fallande stjärnor i olika färger, men även de suddades ut av regnet och mörkret. Det såg ut som om mörkret sög upp alla försök till pigga ljusglimtar. Den fuktiga luften tvingade ned ett moln med en stickande lukt av vått krut och jag kände mig allt mera bortkollrad. Hade jag kommit till en främmande miljö eller hade min omgivning blivit förändrad? Befann jag mig i en krigszon? Något var alldeles på tok och en sorts panik började gräva inom mig. Var det regnet eller hade jag börjat svettas? Det kändes som om jag var våt både inom mig och över huden.

Ena sekunden kändes det som om jag tänkte vettigt och andra sekunden var jag som en annan person. En skräckfylld, osäker individ. De olika känslorna vällde fram och tillbaka som vågor. Det kändes som om två olika individer kämpade om ett begränsat levnadsutrymme inom mig. Det fanns inte utrymme för båda. Någondera måste bort.

Jag korsade snabbt Hauhoparken vid Euravägen innan jag var hemma i mitt torra, trygga hem. De kala trädgrenarna dinglade över parkgångarna men de utgjorde inget skydd mot regnet. Tvärtom. Grenarna var fyllda med övermogna rönnbär, som domherrarna ännu inte hade börjat kalasa på. Rönnbären samlade regnet till stora vattendroppar och de föll som tunga vattenbomber över mig. En droppe plaskade rakt på min skalle och gled ned över mitt ansikte.

Det var ingen tvekan om saken. Jag beslöt mig för att öppna en flaska dyrt rödvin till min strutsmiddag. Det nya året skulle inte bli sämre än detta. Något var på kommande. Om de tunga vattendropparna inte hade lyckats med att krossa mig under detta år, skulle jag nog överleva nästa år också.

KAPITEL 3

Sorrento, Italien

John From var uttråkad. Det måste vara hans mest tråkiga uppdrag någonsin. Han steg upp som sista resenär i minibussen och satte sig på den enda lediga platsen bredvid guiden. Hon blängde på honom innan hon tog tag i mikrofonen för att berätta vart de skulle åka härnäst. För några dagar sedan hade John plötsligt dykt upp på rundturen och han hade tagit från henne den enda förmån hon hade, den lediga sittplatsen bredvid henne i minibussen. Hon suckade demonstrativt när bussen startade.

John tittade ut genom fönstret på de fantastiska vyerna mot Tyrrenska havet. Strax utanför Sorrento, mitt bland de azurblåa vågorna, låg den vackra ön Capri, där de hade tillbringat föregående dag. Inte heller där hade något hänt. Dagen innan hade de sett Neapels viktigaste sevärdheter från bussfönstret och inte heller då hade varken maffian eller någon annan fiende attackerat dem. Skulle något ske idag? I Amalfi eller i Positano? Eller imorgon i den begravda ruinstaden Pompeji vid vulkanen Vesuvius fot?

Guiden sade något roligt eftersom resenärerna skrattade, och John tittade tankspritt på sin reskamrat. Guiden hörde till de yngsta i resesällskapet, men John var så utled på henne att han knappt stod ut med att se på henne. Hennes sätt att leda gruppen som om resenärerna var en huvudlös skara människor utan egen vilja eller tankeförmåga, retade honom oerhört. I sin gröna, formella guideuniform påminde hon honom om hans första lärarinna. Håret, som var uppsatt i en hård knut på skallen, förstärkte intrycket. Ofta kändes det som om guiden i 50-årsåldern var äldre än resenärerna vars medelålder låg vid 75-årsstrecket. John tittade hellre på de vackra vyerna utanför fönstret.

Minibussen svängde igen en gång och uppförsbacken blev allt brantare. Serpentinvägarna kantades fortfarande av cypresser och vackra pastellfärgade villor, men så fort de nådde bergets topp, skulle vyerna förändras. Det skulle bli nedförsbacke längs bråda stup och smala vägar med trafik i båda riktningar i hårresande fart. Minibussen framför dem växlade ner för att orka uppför och chauffören i Johns minibuss var inte sen att göra lika.

Turistgruppen var uppdelad i två minibussar, för ungefär hälften av resenärerna var svenskspråkiga och andra hälften var finskspråkiga. Båda grupperna hade egen guide och egen minibuss. John brukade turas om i grupperna och resenärerna hade vant sig vid honom redan. Ingendera gruppen var mera misstänksam än den andra och båda gruppernas guider var lika ointressanta. John började bli övertygad om att ledtråden var en miss.

Efter att Derek Moresnows mörderska hade dött i Tokyo, hade John brutit sig in i hennes lägenhet för att leta efter ledtrådar. Det var mycket möjligt att mörderskan hade anlitats för att skräddarsy en terrorattack mot finländare, och att hon hade dödat Moresnow för att han hade kommit henne på spåret. John hade dock inte hittat något i hennes lägenhet och det hade fortfarande varit oklart vad hotet kunde vara. Därför hade John återgått till den ledtråd som han hade hittat i Moresnows hand. Huihai-jan.

Sökhjälpen i Internet hade inte varit av någon nytta. Inte heller de automatiska översättnings-programmen. Johns kontakter hade ingen aning om vad orden kunde betyda. Det hade börjat kännas hopplöst, och John hade tänkt lämna över ledtråden till inrikesministeriet för mera djupgående undersökning. Ända tills han hade fått en idé.

John hade gjort antagandet att "jan" i Huihai-jan stod för januari. Oberoende av om det var på svenska eller på engelska. Därefter hade han ersatt "jan" med "dec" som i december. Och när han hade matat in "Huihai-dec" i Internets söktjänst hade han fått napp. Han hade hittat en resebeskrivning av en gruppresa, som finländare hade gjort till Madrid,

Salamanca och Avila. Huihai hade visat sig vara den tekniska förkortningen på de gruppresealternativ, som en finsk resebyrå utförde varje månad.

När John hade ringt upp resebyrån, hade de berättat att följande resa, Huihai-jan, redan hade startat. Turistgruppen hade flugit till Rom, där de hade tillbringat nyår, och de var på väg till Kampanien. John hade omedelbart flugit till Neapel för att möta de finska turisterna. Sambandet mellan terroristryktet och Dereks ledtråd var för viktigt för att lämnas outforskat.

Förstaintrycket av resenärerna hade varit en chock. De var en grupp gamlingar, som njöt av livet och av trygga, välorganiserade gruppresor. De följde blint sin ledare, turistguiden, och de litade på att hon förde dem till regionens mest intressanta platser. När John hade berättat att han kommit för att övervaka researrangörens tjänster, hade resenärerna blint litat på honom också. Den misstänksamma guiden hade ringt upp sina chefer i Finland, men John hade redan hunnit be sina kolleger ringa upp företaget för att förmå dem att acceptera honom.

Tre dagar i Neapel, Capri och Sorrento hade redan tråkat ut honom, och de återstående dagarna i Amalfi och Pompeji samt finalen i Rom, skulle göra honom vansinnig. Inget verkade vara på tok och det mystiska hotet mot gamlingarna skulle säkert visa sig vara obefogat.

Första dagen hade han för en stund tappat hörseln i en liten källarrestaurang i Neapel. Han hade varit omgiven av ett tjatter från entusiastiska pensionärer, som hade kommenterat allt och åter allt. I det ögonblicket hade han avskytt människors högljudda levnadsglädje. Istället hade han längtat efter det lugn och den ro som Derek Moresnow med all sannolikhet hade hittat i sin ensamhet bland bergen i Nya Zeeland. En gammal tant hade med munnen full av Pizza Napolitana deklarerat att de flesta resenärerna var från norra Karelen och att det borde förklara varför allt måste kommenteras och varför ingen kunde tolerera en tyst stund. Genast därefter hade hon sagt att hennes karelska piroger var betydligt bättre än pizzan.

Andra dagen hade de njutit av pasta med sardeller och tanten hade förklarat att stekta mujkor var betydligt godare. Under en diskussion med henne hade John förläget förklarat att han inte hade någon aning om var hennes hemort, Riäkkylä, befann sig någonstans. Lyckligtvis hade guiden i samma ögonblick viskat i hans öra att det var fråga om Rääkkylä, nära den ryska gränsen. Johns diskussionskamrat hade inte märkt någonting utan fortsatt med att högljutt utropa sin observation att de italienska träden såg helt annorlunda ut än de finska granarna.

Tredje dagen hade resenärerna blivit bortskämda med florentinsk biff, som dock hade visat sig vara svår att tugga. Johns nyfunna karelska väninna hade högljutt skrattat åt en äldre dam, vars löständer hade trillat ur munnen fortfarande fästa i en seg köttbit. Med en bred karelsk brytning hade hon förklarat att karelsk stek brukade vara mörare om den bara fick stekas i ugnen tillräckligt många timmar. När de hade blivit bjudna på en överraskningsdessert, ett glas lokal citronlikör som kallades för limoncello, hade John dock hunnit först. Han hade vunnit den karelska damens hjärta med att förklara finsk vodka vara ett klart bättre väl än den söta drycken. Han vågade inte kommentera rysk vodka för folket, som bodde nära den inflammerade ryska gränsen.

Trots att han var utled och trött på dem, kunde John inte motstå känslan att de oemotståndliga, åldriga resenärerna från norra Karelen höll på att mjuka upp honom. Skulle han rentav gilla dem när resan var slut? Han kunde inte hitta någon orsak till att någon ville skada dessa välvilliga, gamla människor. De hade sparat av sina små pensioner under hela året för att få njuta av ett främmande lands sevärdheter. Under sina sista år var det egna landskapet och det egna landet för litet för deras enorma levnadsglädje, som de gärna delade med sig av. På sitt originella sätt.

Bussen susade förbi en hållplats, där lokala väntade på sin reguljära busstur. John sträckte på nacken. Han tyckte sig se den hemlighetsfulla flickan igen. Hon stod bland de andra under hållplatsens tak, och under bråkdelen av en sekund tyckte John sig se att hennes blick var spänd i hans. Den korta stunden var magisk. John hade ju inte fått ögonkontakt med henne varken i Christchurch eller i Tokyo. Varför hade hon sett på honom nu? Betydde det något speciellt? Varnade hon honom för något?

John tittade förbi guiden genom det motsatta fönstret på andra sidan av minibussens mittgång. Den mörka bergväggen avtecknade ett svagt duggregn. Det var orsaken till att de lokala hade trängts i det lilla regnskyddet på hållplatsen. I början av januari var det lågsäsong för turismen i Italien, för kyla och regnskurar var inte det som man åkte till landet för att se. Under de tre dagarna i Kampanien hade det dock inte regnat en enda dag även om det hade varit grått och svalt. Alla visste dock hur mörkt och kallt det var i Finland, så ingen klagade. John vände blicken tillbaka mot sitt eget fönster och det bråddjup som vette mot någon bedårande fiskeby hundratals meter nedanför dem. Havet bortom allt detta såg lugnt och ljust ut och det var svårt att förstå att samma duggregn piskade de ljusblåa vågorna där.

Det var en obehaglig känsla, och obekant för John. Han brukade oftast vara herre över situationen, men nu var hans liv i någon annans händer. Han måste lita på att chauffören var yrkeskunnig. John märkte att chauffören var en ny man, inte samma som under de tidigare dagarna. Hans händer dansade över ratten lika professionellt som deras ordinarie chaufför hade styrt dem mot nya sevärdheter. Precis som i minibussen framför dem körde de genom branta kurvor genom att låna lite av den motkommande trafikens fil, men det gjorde ingenting så här under lågsäsong. John kunde bara ana hur trångt det var på kustvägen under sommaren när hela trakten vimlade av både inhemska och utländska turister.

Medan chauffören förde dem allt närmare Amalfi, kunde resenärerna njuta av de fantastiska vyerna. Små utrop då och då avslöjade att nedanför dem fanns ett ännu farligare bråddjup än vid den tidigare kurvan. Någon kommenterade de vackra taken i byn långt nedanför dem och John medgav att de faktiskt såg ut att vara gjorda av annorlunda röda tegel än dem som hustaken hade i Finland. Därefter vände John blicken tillbaka till chauffören för han förundrade sig varför han såg så annorlunda ut än vad italienarna i södra Italien vanligtvis gjorde. Var han ens lokal och kände han verkligen till varje kurva som sin egen ficka?

Hade även chauffören i den första minibussen bytts ut? Johns blick gick till minibussen framför dem. Den närmade sig följande kurva. Något var på tok.

Istället för att följa vägen förbi kurvan, körde minibussen helt enkelt in i svängpunkten utan att sakta in. Minibussen framför Johns fordon körde rakt in i det låga metalliska staketet med en sådan fart att bussens bakända lyfte upp i luften och försvann i stupet med underredet uppåt. Allt hade skett under en sekund och minibussen hade försvunnit som om den aldrig ens hade existerat.

Guiden bredvid John hade hickat till och hon såg rakt framåt sig, alldeles oförstående. John hörde någon av de finländska turisterna bakom honom flämta till. Någon gnydde som ett litet barn. Men det uppspelta tjattret fortsatte, för de allra flesta hade bara tittat på utsikterna vid sidan av minibussen utan att ens märka vad som skett framför dem. Samtidigt märkte John att även deras minibuss närmade sig kurvan och stupet, och att deras chaufför inte heller verkade sakta in. Trots att han med all säkerhet hade sett vad som utspelats framför dem. John såg att chauffören hade panik i blicken och att han svettades. Chaufförens fot tryckte in gasen och farten stegrades.

Självmordsterrorister!

Utan att tveka hoppade John över den apatiskt sittande guidens ben och han kastade sig fram mot bussens chaufförsvrå. Med en rak höger slog han chauffören medvetslös och grep febrilt tag om ratten. Med breda, snabba rörelser rullade han ratten åt rätt håll för att få minibussen att svänga rätt i kurvan. Staketet närmade sig snabbt och olidligt långsamt vek bussens front från den punkt, där deras öde väntades följa samma spår som minibussen framför dem. John sparkade chaufförens fot mot bromspedalen.

Någon skrek högt bakom i bussen. Alla hade förstått att allt inte stod rätt till längre. John kunde bara hoppas att de hade säkerhetsbältena fastspända.

Minibussens framsida hade redan lyckats svänga till rätt sida av kurvan och manövern verkade gå rätt. Farten var dock fortfarande alltför hög. Bussens sida slog hårt mot metallstaketet och John kunde bara hoppas att fordonet inte skulle välta över räcket. Hjulen på bilens motsatta sida steg lite hotfullt upp i luften, men dunsade tryggt ner tillbaka igen.

John släckte bilmotorn. Samtidigt gnydde chauffören till. Utan att tveka slungade John sin knytnäve en gång till mot självmordsterroristens käke så att denne somnade in igen. John märkte att även guiden hade svimmat. De andra resenärerna såg skrämda ut, men Johns karelska bordskamrat stegade fram i bussens mittgång.

"Jag vill ha dig till chaufför när ryssen kommer", sade hon lugnt. Sedan märkte hon att en bilkö hade bildats framför dem, för ingen vågade köra i kurvan efter incidenten. "Titta, bilar!" uppmärksammade hon entusiastiskt.

John ignorerade henne. Han hade redan öppnat bussens dörr och han rusade ut mot räcket, där den första minibussen hade kört över kanten. Allvarligt tittade han ned mot det som inte kunde vara något annat än total förödelse. Resenärerna i den andra minibussen samlades runt honom och den förskräckliga sanningen började gå upp för gamlingarna.

Minibussen hade störtat genom ett av de röda taken långt nedanför dem och rök steg upp från hålet, där bussens bakända stod upp. Det var omöjligt att någon hade överlevt kraschen. John förstod att över 20 finländare hade dött i det förskräckliga terrordådet.

"Jag antar att det inte blir något Pompeji för vår del imorgon", sade den karelska kvinnan lugnt. "Det finns tydligen andra mördare än Vesuvius-vulkanen för att sköta jobbet, när någon bestämmer att någon måste bort."

Helsingfors, Finland

Kylan kröp in under min ytterrock och jag försökte blåsa min varma andedräkt under rockkragen för att värma min bröstkorg. Jag önskade att jag hade valt min varmaste vinterrock, för temperaturmätaren visade faktiskt på tvåsiffriga minusgrader. Vintern hade definitivt kommit strax innan trettondagen. Följande dag lovade meteorologerna att det skulle bli snö i massor samtidigt som det blev lite varmare. Den blida, våta nyårsaftonen kändes verkligen avlägsen.

Jag var på väg till mitt sista besök hos min terapeut, Brita Lagerstrand. Var jag övertygad om att jag inte skulle behöva henne längre? Nej. Var mina arbetslösa demoner bortjagade? Nej. Hade jag förutsättningar att klara mig utan att behöva oroa mig för mitt sinnestillstånd? Kanske. Var jag beredd att försöka? Ja.

På sätt och vis hade jag accepterat att stress hade orsakat ett nervöst sammanbrott i mig i höstas. Jag hade varit deprimerad över min arbetslöshet och det hade kulminerat i de symptom, som hade börjat oroa mig. Jag var dock fortfarande lite fundersam över min minnesförlust. Kunde man faktiskt vara så deprimerad, stressad och vrickad att man glömde bort en avsevärd del av sina upplevelser från det närmaste förflutna?

Jag började vara beredd att tro att det var så. Under hösten hade jag äntligen blivit kompetent för mitt andra yrke. Det krävdes en väktarutbildning för att man skulle vara en auktoriserad privatdetektiv, så därför hade jag lytt samhällets regler och gått den krävda kursen. Därefter hade jag ansökt om en privatdetektivlicens av inrikesministeriet och jag hade fått den. Efter att jag hade blivit privatföretagare, hade jag satt in en annons över mina tjänster som privatdetektiv. Två veckor senare hade jag inte fått in ett enda samtal och det var då jag hade brutit ihop. Inte ens ett andra yrke hade gett mig arbete.

Mina två detektivuppdrag i Västnyland under våren och sommaren hade gett mig ett litet hopp om att jag kunde hitta ett nytt arbete efter att ha varit arbetslös i tre år. Ett nytt arbete inom mediebranschen hade känts omöjligt, trots att det var därifrån jag hade fått sparken och därifrån jag hade min främsta arbetserfarenhet. Yrket som privatdetektiv hade börjat kännas så attraktivt att jag hade velat bli auktoriserad, men då det inte gav några arbetsuppdrag hade jag känt mig mångdubbelt besviken jämfört med min tidigare situation. Kanske det var därför som mitt undermedvetna hade valt att glömma mina två detektivuppdrag, som i det långa loppet hade medfört en så total besvikelse.

Allt detta kändes mycket möjligt. Samtidigt mindes jag en ung man som jag hade träffat i Fiskars, som var mycket intresserad av konspirationsteorier. Antero Grönström hade berättat att överraskande motiv kunde dyka upp om man skiftade fokusen från det uppenbara till något annat. Dessa motiv kunde vara dirigerade av krafter som inte var alltför lätta att identifiera.

Naturligtvis hade jag läst otaliga spänningshistorier om agenter som var utsatta för hjärntvätt. Jag hade läst om agenter, som förlorat sitt minne och som användes som spelknappar av skrupelfria förmän. Jag var lite orolig för att mina drömmar invaderades av just John From, som var en hemlig agent. Tänk om det trots allt fanns en konspiration bakom allt detta? Tänk om någon hade hjärntvättat mig och ville använda mig för sina egna syften? Hade jag programmerats att bli en dödsmaskin på någons uppdrag? Var jag ett försöksdjur? Visst hade jag lärt mig dödliga krafttag under min väktarutbildning, men förväntade någon sig att jag skulle använda dessa kunskaper? Hade någon utnyttjat mig? Skulle jag som en ovetande bärare leverera falsk information åt fienden? Var jag manipulerad att slå till när ett tilltänkt offer minst förväntade sig det?

Vem var egentligen John From? Varför drömde jag om just honom? En agent på hemliga uppdrag runtom i världen utsänd av det finländska inrikesministeriet? Det hade varit mycket intressantare om jag drömde om en pangbrud i minimala klädstycken på uppdrag i exotiska, ångande heta destinationer. Och helst i närkamp med ondskefulla, men lika attraktiva bönor. Istället drömde jag om en och samma man, som verkade lika sur och bortkommen som jag själv. Även om John From levde ett ytterst spännande liv, verkade han lika tråkig som jag själv. Det irriterade mig.

Var orsaken till min irritation att John From var likadan som jag? Hade han ändå någon egenskap, som jag borde lära mig något av? Något annat än att han hade ett arbete, vilket jag inte hade? Det var ingen tvekan om att även John From skulle vara alldeles vilse utan sitt arbete. Försökte han säga något åt mig? Eller var han mitt undermedvetande som försökte förklara något för mig? Vad det än var så hade jag inte kommit underfund med det ännu.

John From hade dykt upp i mina drömmar för första gången under hösten, strax efter att jag hade skickat in min annons om mina tjänster som privatdetektiv. Först hade jag trott att John var en produkt av min fantasi, som utvecklats under de intensiva självförsvarskurserna i samband med väktarutbildningen. Sedan hade jag förstått att John var mycket mera än en bödel eller agent med rätt att använda våld. Han var en människa som trivdes med sitt jobb, och det var något mycket mera än skjutande och vilda biljakter. Han jobbade för Finland. Han hade en uppgift och han var hyllad. Han var oumbärlig för det finska samhället och han skulle därmed aldrig få sparken från sitt jobb. John From var en hjälte, men var han lycklig?

Varje gång jag vaknade från mina drömmar, förstod jag att mitt arbete inom mediebranschen hade varit dömt från första början. Jag hade inte varit oersättlig på samma sätt som John From var. Mina arbetsuppgifter hade haft ett pris i form av en lön och en dag hade företagets ledning beslutat att priset var för högt. Sparkraven hade understrukits med samarbetsförhandlingar, som hade haft ett enda mål: Någon måste bort. Jag hade varit en av dessa Någon.

Redan under samarbetsförhandlingarna hade alla berörda grubblat för sig själva om deras tjänster skulle skäras ner eller inte. Själv hade jag sett ugglor i mossen mellan alla skrivna rader, i allas dröjande blickar och i alla gester. Ända tills jag verkligen hade fått sparken, hade jag sett det oundvikliga komma. Allt var en konspiration för att få mig ut ur firman.

Och nu fanns det en risk för att någon konspirerade mot mig genom att stjäla en bit av mitt minne från mig. De försökte få mig att tvivla på mina förmågor så att jag skulle sluta med att försöka stiga upp ur askan igen.

Alla dessa tankar måste jag naturligtvis hålla för mig själv. Om jag avslöjade att jag misstänkte att mitt tillstånd var fabricerat av någon annan, skulle jag betraktas som paranoid. Någon kunde till och med fastställa att jag var sinnessjuk. Att jag var schizofren, då jag inbillade en annan person inom mig. En hemlig agent vid namn John From. Det började kännas som om jag inte fick diskutera alltför mycket med Brita Lagerstrand längre, för annars kunde min minnesförlust blåsa upp till något mycket värre. Jag var inte beredd att låta mitt förstånd stå i vågskålen ännu.

Någonstans långt borta såg jag tjock rök stiga upp från en lång skorsten. Eller var det ånga? I varje fall var det ett tecken på att staden värmdes upp med alla tänkbara medel så här under årets kallaste dagar. Det kändes som om hela världen var full av problem eller utmaningar som krävde åtgärder. Kylan krävde uppvärmning, sinnessjukdomar krävde terapeuter, penningbrist krävde avlönat arbete och barnavel krävde barnvakter, skolor, babykläder, bakteriefri barnmat och ett oändligt antal vaccinationer. Varför var livet inte lättare? Varför måste allt vara fyllt av problem, som krävde lösningar för att vi skulle kunna fortsätta leva?

Innerst inne kände jag att något var fruktansvärt fel. Mina tankegångar var inte helt fruktsamma och det gjorde mig iskall inuti. Jag önskade att jag hade tagit med mig en halsduk, men även med den skulle kylan inte ha besparat mig. Ett frostigt skimmer hade lagt sig över träden och den gulaktiga gatubelysningen glänste över grenarna. Svart is vilade lömskt över fördjupningar i trottoaren efter allt regnvatten som hade fryst till en hal hinna. Allt detta försökte man avhjälpa genom att strö vass grovsand över trottoarerna och det fastnade i vinterkängornas botten. Det kändes verkligen som om staden inte var gjord att leva i under vintern. Det var en stad för fantasifigurer, såsom hemliga agenter. Eller virtuella galna hjärnor.

Eller var min minnesförlust en början på en smygande minnessjukdom? Skulle jag långsamt men säkert reduceras till en varelse, som fungerade med enbart instinkter? Skulle mina tankar och minnen försvinna en efter en, tills jag endast andades längre? Jag mindes pappa som efter sin hjärnblödning hade varit ett tomt skal, som behövde vård dygnet runt. Hade även jag fått en mindre hjärnblödning under hösten? Låg risken i släkten? Hade hjärnblödningen varit så liten att mitt enda symptom var en minnesförlust från året som gått? Höll jag på att få Alzheimer? Nej. De fysiska testerna och provtagningarna skulle ha avslöjat dessa saker.

Var det då så farligt att jag glömde saker och ting? Alla lade någon pryl på något ställe och glömde totalt att den var där. Vissa stoltserade med att de kunde hitta sin försvunna mobiltelefon i kylskåpet, dit den hade blivit bortglömd. Var går gränsen mellan glömska och tankspriddhet? Ofta brukar man anstränga sig för att minnas något, när det verkligen känns nära, men så slinker svaret undan i mörkret igen hur man än försöker gräva fram det. Ju äldre vi blir, desto oftare försvinner dessa minnesfragment från oss. Och ju äldre vi blir, desto mindre oroade är vi av dessa glömskor. Dessa fenomen är en normal del av åldrandet. Kanske min minnesförlust inte var mera allvarlig än ett extremt exempel på normal glömska?

Allt omkring mig började kännas som ett frostigt töcken. Avgaserna bakom de immiga bilarna såg ut som tjocka gaskvastar. Den ångande andedräkten framför mötande fotgängare dolde deras ansikten. Trots att dessa få stunder av dagsljus borde få mig att se allt klart, kändes allt lika mörkt som under den mörkaste kvällen under midvinterns ljusfattiga timmar.

Ljuset bakom mig fick min spegelbild att avtecknas på ett mörkt skyltfönster. Jag såg en lite överviktig, blek man i sina dryga 40 år. Jag hade tillbringat min första hälft av min livstid med att samla kunskap, arbetserfarenhet och kroppsvikt. Prognosen för den andra hälften verkade omfatta glömska, outnyttjade resurser och borttynande. Hade min omgivning byggt upp mig för att jag skulle bli en börda för samhället? Om det var syftet, arbetade samhället mot sig självt. Kanske spegelbilden var falsk. Jag hoppades det. Det jag såg var kanske en illusion. Min inbillade övervikt berodde kanske på att den smällkalla vinterdagen hade tvingat mig i så tunga, varma kläder att jag såg tjock ut. Jag var kanske inte den jag såg, och jag hoppades att det antagandet stämde. Såg jag Jonas Österfelt eller John From i spegeln?

Min promenad hade fört mig till det omfattande företagshotellet i Böle, där tiotals terapeuter hade sina arbetsrum över en hel våning. Det var här som även Brita Lagerstrand höll sin mottagning och det var här som terapeuterna delade en gemensam reception och tidsbeställning. Det var här som Anna Tschäder jobbade och för första gången under den kalla dagen kände jag mig varm inuti. Jag hade bestämt mig för att fråga om Anna ville gå på en träff med mig. Jag hade inget att förlora, men jag hade ingen aning om hur mycket jag kunde vinna. Så det var lätt att göra beslutet att be henne till en träff. Jag visste inte vad jag kunde ha att ge åt Anna, men det var upp till henne att besluta om det fanns något potentiellt i mig eller inte.

Någon måste bort. Den fega Jonas Österfelt skulle bort så att endast den modiga Jonas Österfelt stannade kvar. Mina terapisessioner skulle ta slut i byggnaden framför mig, men trots det kunde även min framtid finnas i samma byggnad. I form av en flicka i receptionen.

Helsingfors, Finland

När jag satte mig i Brita Lagerstrands fåtölj, såg jag att något hade förändrats. Britas blick var fylld av välvillig oro, men den var samtidigt bestämd. Den korta, kraftiga kvinnan var inte längre en sidoskådespelare i en pjäs, där patienten bar huvudrollen. Hennes figur såg ut att fylla hela rummet och på något sätt kände jag mig underlägsen.

Var det för att det var min sista terapisession? Såg hon annorlunda ut nu när jag var frisk igen? Nu, då jag inte längre var i desperat behov av förklaringar till min situation?

Ett nytt år hade startat och mitt liv skulle gå mot nya utmaningar så fort jag lämnade detta rum. Förväntansfullt väntade jag på att Brita skulle starta vår session. Efter det skulle hon släppa iväg mig som en brevduva skickas iväg ut i världen. Jag var redo att lämna allt det jäkliga bakom mig.

Brita Lagerstrand sade allvarligt:

"John, nu när det är vår sista terapisession, måste vi koncentrera oss på vårt mål."

Jag lade huvudet på sned och lyssnade. Min terapeut fortsatte:

"Hur skall vi göra oss av med din fantasifigur? Den där Jonas Österfelt?"

DEL 2

Jag eller jag?

KAPITEL 4

Luzern, Schweiz

"Ministeriet behöver en syndabock", sade mannen framför mig och skrapade nervöst i sitt gråa, ovårdade skägg. "Det är naturligtvis inget personligt."

"Jag gjorde vad jag kunde", påpekade jag även om jag visste att det var lönlöst. Det var som under de där tillfällena, dit arbetstagare tillkallas för att få sparken. Det är lönlöst att försöka argumentera mot beslutet, när domen förkunnas.

"John From...", började Pekka Suominen som om jag inte kände till mitt eget namn, "... du har en fantastisk karriär bakom dig och du har inte gjort något fel, men det är som det är."

"Utan mina insatser hade ingen av oss varit ens i närheten för att skydda offren när terrorattacken skedde", fortsatte jag utan nåd. Varför var det förresten jag som borde ge nåd åt arbetsgivaren? "Om jag inte hade varit närvarande, hade de alla dött. Nu dog bara hälften av gamlingarna."

"Du får det att låta som en fantastisk insats, vilket det förvisso är", suckade min chef och grävde allt djupare i sitt skägg. "Men media har helt enkelt inte någon förmåga att glädja sig över de räddade. De bara koncentrerar sig på tragedin. På de 22 som dog."

"Ministeriet har anställda PR-personer, vars ansvar är att vända blickfånget från det negativa till det positiva", sade jag vasst. "Om de inte lyckas med det, är det de som borde ta konsekvenserna istället för jag."

"Du vet hur det fungerar", sade Pekka svagt. "Ministeriet kan i offentligheten säga att de ansvariga letas upp internt men att inga namn får nämnas. Media får nöja sig med det. Vilket de i längden också gör."

"Då behöver de inte heller veta att ingen av oss pekades ut i verkligheten", sade jag häftigt.

"Cheferna behöver någon även om denna någon inte pekas ut offentligt."

"Det är fel om denna någon blir jag."

"Någon måste bort."

Pekka Suominen suckade. Jag suckade. Jag steg upp från stolen och gick till fönstret. Framför mig vilade ett fantastiskt stadslandskap. De medeltida, pittoreska byggnaderna kantade Vierwaldstätter-sjön, som trots det kyliga vädret inte hade frusit till is. En bit längre bort, där stadens flod och sjön möttes, stegade Luzerns kännetecken ut över vattnet. Den medeltida träbron Kapellbrücke hade brunnit ned 1993, men byggts upp igen. Den hade fått ett nytt liv efter att dess till synes oändliga liv hade kramats ur brons varenda träflisa. Vilket spår skulle mitt liv få nu, då min karriär som hemlig agent var slut?

"Vill du ha mat?" frågade Pekka förväntansfullt. "Jag kunde beställa in schweizisk fondue till hotellrummet."

"Mat är inte min främsta angelägenhet för tillfället", sade jag irriterat.

"Det hade varit lämpligt för två", sade Pekka besviket. "Men kanske jag kan nöja mig med en raclette senare. De görs med samma ost. Och några knapriga röstibiffar till."

Min chef smackade med munnen.

"Terroristen som jag tog fast då?" frågade jag med ryggen vänd mot Suominen. "Gamlingarna såg honom och media får förr eller senare veta att chaufförerna var terrorister."

"Vi tar hand om det", sade Pekka bestämt. "Allmänheten får veta att terrorister låg bakom det hela, men det kommer naturligtvis inte att räcka till. Media kräver att vi borde ha förhindrat dådet och till det behövs också en syndabock."

Jag vände mig bort från fönstret, som var dåligt tätat. Ett kallt drag från sjön svepte in genom fönsterkarmarna även om värmeelementet blossade på för fulla muggar. Pekka Suominens lilla hotellrum började kännas klaustrofobiskt och jag önskade att han hade valt ett större utrymme, där det hade varit lättare att andas.

"Är ni överhuvudtaget intresserade av vem som låg bakom attentatet?" frågade jag hätskt. "Har ni fått ut något av terroristen? Eller är ni bara intresserade av vad samhället tänker om ministeriet efter detta?"

"Terroristen i den första minibussen dog, som du vet", sade Pekka. "Men den andra har vi förhört och han har varit mera än villig att berätta varför de gjorde det vidriga brottet. Terroristerna vill att alla skall veta vad de har gjort."

"De ville bestraffa Finland för att vi har skickat fredsbevarare till det där gudsförgätna, krigsdrabbade landet där långt borta. De anlitade en japansk yrkesmördare att smida en plan, där två självmordsterrorister skulle skapa så mycket förödelse som möjligt åt finländare."

"Du har gissat helt rätt", erkände Pekka. "Terroristerna ville pröva på något nytt, då det inte går att fälla flygplan längre. Den japanska yrkesmörderskan, som nu är död, skapade sin plan utgående från tanken att man även med en buss kan skapa stor förödelse."

"Så de gav sig på gamla och försvarslösa", sade jag surt. "De är säkert stora hjältar nu."

"De fick uppmärksamhet. Det är vad de ville. Och vi borde vara tacksamma över att de valde gamlingar istället för en skolklass."

Jag stirrade på Pekka Suominen. Naturligtvis hade han inte menat det så cyniskt som det lät, men han kunde nog ha lämnat det osagt.

"Den där pensionärsgruppen var inte en börda för någon."

"Nej, naturligtvis inte. Men barn har hela livet framför sig. Och jag tror att de där gamlingarna skulle gärna ha offrat sina liv till barns fördel, om de hade fått välja."

"Menar du att man borde dra sina egna slutsatser, när man inte är till optimal fördel för samhället längre?"

"Vi börjar gå in på sidospår nu."

"Tycker du att jag borde begära avsked nu, då det skulle vara bäst för samhället? Så att du inte skulle behöva nedlåta dig att ge sparken åt mig?"

"Jag har kommit hit till Schweiz, ett neutralt land, för att förhandla med dig om vad som vore bäst för oss alla."

"Du kom hit för att du inte ville möta mig i Finland", sade jag.

"Schweiz var rätt nära händelseplatsen i Neapel. Det var lätt för dig att stiga på det italienska tåget för att ta dig hit till mötesplatsen i Luzern."

"Du ville inte ha mig till Finland", upprepade jag och det slog mig med en gång. "Ni har redan lagt inreseförbud på mig. Ni har redan bestämt er för att jag får bära skulden för allt."

"Beslutet är fattat", erkände Pekka. "Du är inte välkommen till Finland längre, men du får det du behöver av oss för att bygga upp ett nytt liv någon annanstans. Vi levererar dina saker dit du vill."

Det lät ofattbart. Jag kunde inte smälta det. Det var för Finland jag hade jobbat som hemlig agent, och nu tänkte Finland vända ryggen mot mig. Det kändes som om grunden gav vika. Allt jag hade jobbat för hade varit i onödan. Eller var det? Klandrade gamlingarna mig för att jag hade räddat deras liv?

"Vad skulle jag göra utomlands?" frågade jag. "Som arbetslös?"

"Du hittar nog din väg", sade Pekka utan att låta övertygande.

Han såg inte övertygande ut heller. Med sitt slarviga utseende och ovårdade skägg, hur ansågs han representera Finland väl? Var han rätt person? Varför fick han behålla sitt jobb och inte jag?

Jag steg upp och tittade ut mot alpsjön igen. Lyckligtvis förstod Pekka att hålla munnen stängd. Jag ville bara titta ut en stund. I all tystnad. Låta allt sjunka in. Utan att sjunka under den kalla sjöns vattenyta.

Vad skulle jag göra? Efter all spänning som jag hade upplevt i exotiska hörn av världen, skulle jag anpassa mig till ett vanligt tråkigt liv? Något som jag inte hade känt sedan jag var ung, för årtionden sedan? Det kändes overkligt. Fantastiskt.

För några nätter sedan hade jag drömt om en vanlig, arbetslös kille, som i drömmen till och med hade fått ett namn: Jonas Österfelt. Han var en man, som inte fick möjligheten att göra något. Han bara tillbringade sina dagar utan att de ledde till något större. Det var ett vanligt liv, och det var tråkigt. Jag hade vaknat upp ur drömmen med en obehaglig känsla och jag visste inte om jag skulle klassa den som en mardröm eller inte. Skulle jag reduceras till något liknande som Jonas Österfelt?

Hade allt jag gjort – alla mina uppoffringar och allt jag åstadkommit – lett till en reduktion?

Plötsligt dök den gamla karelska kvinnan upp i min inre syn. Hon var irriterande och gammal, men hon skulle knappast kalla sig själv för en reduktion. Hon hade varit full av stolthet och full av livsvilja, och hon skulle aldrig ha kallat sig själv för misslyckad. Karelarna var ett folk, som verkligen hade lärt sig att bygga upp ett nytt liv som evakuerade. Varför skulle inte även jag lyckas med det?

Fanns det en orsak till att det var just henne som jag hade räddat? Var det här hennes sätt att betala tillbaka för det räddade livet? Att hon dök upp i mina sinnen på samma sätt som den där Jonas Österfelt hade dykt upp i mina drömmar? Var hennes blotta existens oersättlig även om någon annan ansåg att gamlingar var en börda?

Jag vände om mig och såg omedelbart att hopp lyste upp i Pekkas ögon.

"Hur mycket är ni beredda att betala för att bli av med mig?" frågade jag med eld i rösten. "Hur mycket är jag värd?"

Helsingfors, Finland

Träffen verkade bli lyckad. In i det sista hade Jonas varit orolig för att hon inte skulle anlända, men hon hade gjort det. Till och med några minuter i förväg. Då hade han redan huttrat i tio minuter, för han hade absolut inte velat försena sig.

Anna Tschäder var klädd i en tjock, rosafärgad vinterrock av något konstgjort material. En svart mössa pressade hennes långa, ljusa hår mot skallen och nacken, men det fick hänga fritt över jackan och ryggen. Troligen hade hon något sorts strumpbyxor under jeansen, för hon gick med en lite vaggande stil, som om man bar på alltför mycket kläder. Med dessa plagg hade hon sett så annorlunda ut att Jonas inte hade känt igen henne förrän hon saktat in framför honom.

"Ursäkta, jag kände inte igen dig med så mycket kläder på", sade Jonas Österfelt och han kunde ha bitit tungan av sig. Han ville naturligtvis inte att hon skulle tro att han var någon sexgalning.

"Jag menade det naturligtvis inte så", fortsatte han förläget. "Det är ju bara så att du är så mycket mera lättklädd i receptionen och jag har inte sett dig någon annanstans, så det var lite överraskande, men naturligtvis måste man ju ha ytterkläder på sig ute, speciellt när det är så här kallt och snöigt..."

Anna Tschäder lade sitt huvud på sned och hon tittade på Jonas. Kanske var det bäst att inte säga någonting. Hon tittade på honom som om han var ett intressant kemiexperiment, där rök började stiga upp ur två ämnen som reagerade tillsammans.

"Kanske vi går in", föreslog Jonas och flickan nickade. Han öppnade porten till Vinterträdgården och lät henne gå först mot den stora trädgårdsbyggnaden med dess breda glasfasad. De lämnade Tölöviken med dess kalla vindar bakom sig och siktade på den tropiska värmen i det stora växthuset.

På sätt och vis hade det varit en ridderlig gest att låta flickan gå före, men det hade ändå inte varit särskilt lyckat. Det häftiga snöfallet hade fyllt trädgårdens passager med tung snö, som trädgårdsskötarna inte hade hunnit skuffa fria ännu. Anna Tschäder plumsade framför Jonas och han lunkade otåligt bakom henne för att hitta ett tillfälle att springa runt henne. Han ville gå framför henne så att han fick plumsa fram en sporadisk stig åt henne. Hon hade långa vinterstövlar, men det hade snöat nästan en halv meter snö under bara två dygn.

Han kunde inte tro sin egen lycka. Det hade räckt med att fråga och hon hade svarat ja. Jonas hade helt enkelt frågat av Anna om hon ville gå på träff med honom någon dag och hon hade svarat ja efter att ha tittat på honom i två sekunder. Hon hade till och med gjort det lätt för honom genom att föreslå ett besök i Vinterträdgården följande vecka och det hade låtit som en god idé. Jonas hade varit glatt överraskad över att hon varit så medvillig. Och att han inte hade behövt planera något dyrt eller halsbrytande för att vinna hennes intresse och medgivande.

Och tydligen hade det inte varit något problem att han använde sig av de psykiatriska tjänsterna på hennes arbetsplats. Hon hade inte betraktat honom som en spritt språngande galen eller till och med en farlig patient. Istället hade Anna Tschäder varit fördomsfri och gett honom en chans. Det betydde mycket för honom. Hon var nog söt, men inte någon Miss Finland, men hennes sätt hade gjort henne betydligt mera intressant än skönhetsdrottningarna.

I Jonas ögon hade hon nog varit intressant även om han inte skulle ha drömt om henne. Men hade han lagt märke till henne om hon inte hade dykt upp i drömmarna? Om han inte hade behandlat hennes existens under diskussionerna med Brita Lagerstrand? Kanske inte. Men det gjorde ingen skillnad längre. Hon var här och nu, och han ville försöka förstå varför han hade drömt om henne under nätterna i samband med John Froms spännande uppdrag.

Borde han berätta för henne att han drömde om henne under nätterna? Naturligtvis inte. Det skulle få honom att se ut som en sexgalning. Men om det förklarade för henne varför han hade bett henne på en träff? Nej. Hans chanser med henne skulle svalna omedelbart, då hon fick veta att det fanns en rationell förklaring till att han bett henne på en träff. Det fick inte hända. Man brukade ju gå på träff när den andra var tillräckligt attraktiv. Och visst fanns det bättre förutsättningar till en lyckad träff än att man sökte förklaringar till en dröm.

De steg in i Vinterträdgårdens fuktiga värme och möttes av en kafeteria, där människor satt bland exotiska växter och njöt av en kopp kaffe eller te. Deras ytterkläder var trädda på stolarnas ryggstöd och de såg att njuta av värmen. Deras blickar var långt borta i främmande världar som om de hade hittat ett ställe, dit de kunde drömma sig bort. De verkade fullständigt omedvetna om den midvinter, som var avskärmad från dem med byggnadens tjocka glasväggar.

Jonas undrade för sig själv om Anna hade ett stort behov av att drömma sig bort till exotiska miljöer och främmande platser. Var det orsaken till att hon hade föreslagit Helsingfors stads Vinterträdgård som deras träffplats? Var hon beroende av spännande eskapism? Kanske hon inte var ett dyft intresserad av en vanlig, arbetslös förlorare som han var? Kanske hon var mera intresserad av John From än av honom? John From var den hemliga agenten som ibland brukade krypa in i hans nattsömn.

Utan att säga särskilt mycket till varandra gick de mellan sektionerna, där olika växter hade samlats till enhetliga klungor. Det fanns en djungelliknande sektion med palmer och lianer samt en torrare sektion med kaktusar och sandig, platt mark. Allt var rätt grönt, utan granna färger och det såg ut som om hela Vinterträdgården låg i dvala i väntan på ljusare årstider. Ett hörn var fyllt med röda och vita julstjärnor som om det vore en avstjälpningsplats för blommor efter julen. Stämningen var stillsam som om de befann sig i en kyrka och ingen ville säga något. Det retade Jonas, för det kändes hela tiden som om hans värde sjönk i Annas ögon.

Det var lite trängsel kring en blomlåda och han anade att det var där som Vinterträdgårdens höjdpunkt var. En av de mera sällsynta orkidéerna, Nattens Drottning, hade beslutat sig för att börja blomma, och det lockade mera besökare än normalt. Den vita blomman var vacker, men han tyckte inte att den var särskilt unik. Han hade sett vackrare orkidéer i blomaffärerna. Utan att ha behövt resa till exotiska platser såsom Borneo för att se unika blommor.

Deras rundtur närmade sig sitt slut och de befann sig i kafeterian igen. Jonas såg att några trappor förde upp till en loge, varifrån man hade utsikt ner över trädgården. Logen såg ut att vara ledig, så han nickade åt Anna att de kunde gå dit för en pratstund över en kopp kaffe. Hon nickade ivrigt och han kände sig varm inuti.

Hur kunde det vara möjligt? Efter många år av rostade sociala färdigheter, höll han på att njuta av en lyckad träff? Det måste vara för bra för att vara sant. När Jonas hällde kaffe i koppen, skvätte några droppar på hans hand och de brände honom. Han var nöjd. Den brännande känslan var ett tecken på att allt detta var sant. Det var ingen dröm.

*

Efter det lyckade besöket i Vinterträdgården gick de åt olika håll. Anna Tschäder gick mot Tölö och Jonas gick längs Sturegatan mot sitt hem i Vallgård. De hade inte kommit överens om nästa träff, men hon hade nickat tyst, när han hade lovat att ringa henne.

Han hade inte gått många steg, när han plötsligt kände sig svag. Det berodde inte på den tunga snön och de oplogade trottoarerna. Det berodde inte på att den varma luften i växthuset hade känts tung. Det berodde inte heller på den sötaktiga doften från Nattens Drottning eller den uppiggande kaffedoften. Något var fel.

Jonas upptäckte plötsligt att han inte mindes någonting av deras samtal. Vad hade de talat om? Annas arbete? Hans arbetslöshet? Orsaken till varför han gick i terapi hos Brita Lagerstrand? Hans barndom? Hennes förflutna? Deras tidigare förhållanden? Hans drömmar? Jonas kunde inte erinra sig någonting av deras samtalsämnen och det gjorde honom vettskrämd. Höll han på att förlora minnet igen på samma sätt som under förhösten? Eller hade deras samtal varit så tråkigt att han därför hade glömt det? Eller hade det varit fullt av intetsägande small-talk, som han avskydde? Han beslöt sig för att det måste ha varit så. De hade inte vågat sig in på djupare ämnen och därför hade de bara diskuterat ämnen, som var så tråkiga att de inte var särskilt minnesvärda.

Eller hade träffen varit så stressande för honom att han hade glömt allt som skett under den? På samma sätt som artister ibland säger att de inte minns någonting av sitt uppträdande för att de hade haft en så intensiv rampfeber? Brita Lagerstrand hade sagt att hans tidigare minnesförlust kunde vara en summa av all den stress som Jonas hade utsatt sig för under detektivuppdragen i Raseborg.

Men det måste väl vara alarmerande? Det kunde väl inte vara acceptabelt att man inte mindes ett tråkigt samtal. Naturligtvis inte. Alla detaljer från ens förstaträff borde etsa sig in i alla sinnen. Det var inte ett bra tecken att förstaträffen försvann från minnescellerna. Det kunde bara betyda att han måste ha varit så tråkig att Anna knappast ville träffa honom igen.

John From skulle aldrig ha varit så tråkig att han inte var minnesvärd. Anna skulle ha förälskat sig i honom på momangen precis som brudarna gjorde i filmer, där hemliga agenter var stora hjältar.

Det var ingen tvekan om det. Anna Tschäder ville säkert bli av med honom redan. Jonas var säker på att hon redan smidde en bortförklaring, ifall han störde henne med en förfrågan om en ny träff. Jonas Österfelt var överflödig. En börda.

Zürich, Schweiz

Tågets fart ökade och de kuperade landskapen susade förbi. Rutten mellan Luzern och Zürich bjöd inte på lika vackra alplandskap som min tågresa dagen innan, men det gjorde inte särskilt mycket. Mina tankar låg någonstans långt borta från Schweiz och Alperna. Jag såg framför mig bara finsk skog, inhemska sjöar och jämna åkrar. Vyer som jag aldrig mera skulle se. Finland hade stängt sina gränser för mig.

Dagen innan hade jag lämnat de tragiska händelserna i Italien bakom mig och rest med tåg via Milano för att träffa min chef i Luzern. Han hade meddelat att jag skulle få bära ansvaret för att Finland hade misslyckats med att förhindra terrordådet och att jag inte längre var välkommen till mitt hemland. Även om jag saknade Finland redan nu, låg mina tankar i framtiden. I landet, där jag skulle bygga upp min framtid.

Så fort tåget dagen innan hade lämnat gränsstationen Domodossola och fortsatt förbi Lugano, hade de fantastiska alplandskapen påmint mig om hur långt borta hemifrån jag hade varit. De snöklädda bergstopparna hade påmint mig om det misslyckade uppdragets början på Sydön i Nya Zeeland. Ravinerna hade påmint mig om bråddjupet, där 22 finländare hade dött. Den kalla, glittrande Lugano-sjön hade påmint mig om de tusen sjöarnas land, långt i norr. De snötäckta sluttningarna hade påmint mig om vintern i Finland. Korna med sina bjällror hade påmint mig om den finländska mjölken. Allt verkade vara kopplat till allt. Men när tåget susade in i den långa, mörka St Gotthardstunneln, hade jag ännu inte anat att jag senare samma kväll skulle få portförbud till mitt hemland.

Nu var jag på väg till Zürichs flygfält och ett helt nytt land. Redan nu började jag drömma om det nya livet. Jag skulle äntligen bli en vanlig man med ett vanligt liv och en vanlig flickvän. Det skulle inte bli någon återvändo till ett spännande agentliv med hårresande biljakter, supersexiga brudar och lyxiga bekvämligheter. Allt spännande skulle härefter finnas i små avvikelser från den normala vardagen.

Till en början skulle jag naturligtvis vara arbetslös. Att bo i ett främmande land utan särskilt djupgående kunskaper i det lokala språket skulle inte vara lätt. Det skulle ta tid innan jag hade byggt upp ett nytt liv med nya vänner och toleranta grannar. Under en lång tid skulle jag vara beroende av de buffertar och fonder, som jag samlat på mig under min karriär. Min chef, Pekka Suominen, var villig att betala ett frikostigt avgångsvederlag, och även det skulle vara till stor hjälp under väntetiden. På ett nytt arbete.

Det hade inte varit särskilt svårt att förhandla en bra avskedslön av den finska staten. Mina chefer och ministeriet hade alltför mycket att förlora om jag började prata med pressen. Inget av dessa åtgärder skulle hämta de döda finländska resenärerna tillbaka. Det skulle inte värma de döda åldringarnas närmaste och terroristerna skulle inte bli besegrade med att det finska ministeriet betalade för min tystnad. Finlands korkade beslut var dock inte mitt ansvar längre.

"Mitt liv börjar närma sig sitt slut."

Jag tittade förbluffat omkring mig. Hade någon uttalat orden? Nej, naturligtvis inte. Orden hade ekat på svenska och varför skulle någon tala svenska här i Schweiz? Jag hade dock hört det så tydligt, som om det var något mera än bara en grumlig tanke i min rådbråkade hjärna. Det kändes som om jag hade hört orden snarare än tänkt dem inom mig.

Jag skrattade för mig själv. Som en hemlig agent var döden alltid närvarande och det var nödvändigt att inse dödens närhet. Mitt liv kunde närma sig sitt slut när som helst. Ändå hade jag blivit perplex av orden. Om någon uttalade orden åt mig, kunde det betyda att mitt liv faktiskt var i fara. Även om min karriär som hemlig agent var slut. Men vem hade uttalat orden om det inte var jag själv? Mitt alter ego? Jonas Österfelt? Varnade mitt undermedvetande att något var på kommande? Jag ryckte på axlarna, för jag kunde inte göra något annat än att vara på min vakt.

Vi närmade oss Zürich och tåget saktade in. Konduktörens röst ekade i högtalaren och han förklarade med bräkig schweizertyska att vårt tåg skulle sakta in medan ett mötande tåg körde förbi oss. Jag såg genom fönstret mot tåget, som sakta körde åt motsatt håll, mot Luzern. Det påminde mig om en japansk mörderska som krossats mot ett tåg i Tokyo, tusentals kilometer från oss. Och det var då som jag såg henne igen.

En flicka satt i det mötande tåget och hon tittade ut genom fönstret på samma sätt som jag gjorde. Våra blickar möttes och för en kort sekund såg jag hennes mungipor glida uppåt i ett hemlighetsfullt leende. Hon gäckade mig, det var ingen tvekan om saken. Det var inte den japanska mörderskan, utan den hemlighetsfulla flickan, som jag hade sett i Christchurch, Tokyo och Sorrento. Av någon obegriplig orsak berättade mitt undermedvetande att flickans namn var Anna Tschäder. Hur kunde jag veta det? Namnet lät tyskt. Betydde det att hon var hemma härifrån? Var hon schweizare? Hur kunde jag veta att hennes namn var Anna?

Både Anna och tåget hade försvunnit lika snabbt som de hade stått i vägen för min utsikt. Något var sannerligen på tok med mitt medvetande eller mitt undermedvetna. Var ministeriet ansvarigt för det? Hade någon gjort något människoförsök med mig? Var Anna utsänd för att bevaka mig? Eller var hon en fiendeagent? Var hon en vän eller ville hon mig illa?

Plötsligt mindes jag det löfte som jag hade gett åt Pekka Suominen innan jag hade lämnat hans hotellrum föregående kväll. Jag hade lovat att hålla kontakten till ministeriets psykiater några gånger ännu för att mina tankar skulle hållas på rätt spår även efter avskedandet. Hon hade varit till stor hjälp under mina uppdrag och jag hade ringt upp henne många gånger. Även om jag hade ringt upp henne från främmande länder under konstiga tidpunkter, hade hon alltid svarat. Och hon hade alltid hittat de rätta orden åt mig.

Det var dags att ringa upp Brita Lagerstrand.

"John, Pekka berättade att du inte längre finns på våra lönelistor", svarade min psykiater, rakt på sak.

"Det stämmer", sade jag utan att min röst avslöjade vad jag tänkte om saken. "Jag sitter som bäst på ett schweiziskt tåg på väg mot nya utmaningar."

"Det låter som om du ser framåt", sade Brita på sitt terapeutiska sätt. Jag kunde se framför mig hur hon satt med sin korta, bastanta kropp på sin minimala stol på sitt rum.

"Ja, dessa fantastiska alplandskap vinner nog de ointressanta, överraskningslösa vyerna i Finland", ljög jag med lite försvar i rösten.

"Trots det har du under våra tidigare diskussioner saknat den normala, ointressanta vardagen, som andra yrkesgrupper har", sade den skarpsynta häxan. "Det som agenter vanligtvis inte får smaka på."

"Nu är det just det livet som jag har framför mig", påpekade jag.

"Du lyckas med att vända ett bakslag till din fördel", konstaterade Brita.

"Pekka sparkade mig men det är början på något nytt", summerade jag.

"Du är inte bitter på Pekka?" frågade Brita försiktigt.

"Nej."

"Men något tynger dig ännu."

"Jag känner mig tudelad", sade jag försiktigt samtidigt som jag såg en villa i Schwarzwald-stil flyta förbi mitt blickfång. "Som om en del av mig accepterar mitt öde, men den andra delen vill fortfarande kämpa för något som jag förlorat."

"Vi för alltid samtal med oss själva om vad som är bra och vad som är dåligt. Rätt och fel. Dessa olika sidor intensifieras ibland i symboler. Det där har vi diskuterat när du har berättat om dina drömmar."

"Ja, jag blir bara inte av med mina drömmar. Även förra natten på mitt hotellrum i Luzern drömde jag om Jonas Österfelt."

"Varför ser du Jonas som en börda?"

"Han är onödig", sade jag bestämt. "Han är arbetslös och onyttig och han ger mig inget nytt. Han är förskräckligt vanlig och jag är utled på honom."

"Han är någon som måste bort?"

"Just nu känns det så, ja."

"Hittills har han varit tråkig, men intressant just därför. För att ditt eget liv har varit fullt av äventyr och spännande situationer, som är långt från vardagliga."

"Precis", erkände jag. "Ända tills nu."

"Ditt liv kommer nu att gå i en vardaglig riktning, som börjar likna Jonas Österfelts liv?" frågade Brita.

"Det verkar så, ja. Jag är på väg att bli arbetslös, precis som han."

"Men om du drömmer om Jonas Österfelts liv, kan du inte se drömmarna som en lärdom hellre än som en börda? Han kanske visar vägen till din framtid?"

"Jag tror inte att världen är tillräckligt stor för oss båda", fortsatte jag. "Någondera måste bort."

"Ärligt sagt, John...", sade Brita. "Jag tror att du kommer att sluta drömma om Jonas Österfelt snart. Det kommer att lösa sig av sig självt. Det kommer ett nytt alter ego i ditt liv, och dina drömmar får nya spår så fort ditt nya liv börjar slå rot. Om ditt nya liv blir tråkigt, är det möjligt att du istället börjar drömma om ditt liv som hemlig agent, John."

"Om du säger så, får jag väl lita på det", sade jag tveksamt.

"Även om Jonas dyker upp i dina drömmar kan du också fråga dig om det är så förskräckligt trots allt?" föreslog Brita.

"Vanliga människor har betydligt större problem än obekväma drömmar", konstaterade jag som en ivrig elev, redo att lära mig nytt om saker som jag inte visste någonting om. "Jonas Österfelt är kanske inte den värsta mardrömmen som kan drabba en dåligt sovande person."

Brita kommenterade inte mitt påstående, men jag förstod att hon som psykiater hade hört om mycket värre fall.

"Har du sett den där flickan under de senaste dagarna?" frågade Brita.

Jag hade tagit upp flickan med min terapeut, för ibland kändes det som om hon var en fantasifigur. Som om hon hade en avsevärd roll i mitt liv, men av någon orsak hade jag glömt henne. Och att jag därmed i så fall led av en oväntad minnesförlust, som borde undersökas.

"Ja", svarade jag. "Jag såg henne för en stund sedan i ett tågfönster. Hon är kanske ännu mera konstig än Jonas Österfelt."

"Hon pratade alltså inte med dig den här gången heller?"

"Nej, hon verkar lika avlägsen som tidigare", sade jag. "Men den här gången sade mitt undermedvetna att hennes namn är Anna Tschäder."

Jag berättade att hennes efternamn var skrivet Tschäder istället för Tjäder. Av någon orsak sade mitt undermedvetna att det var så.

"Det var konstigt", medgav Brita. "Namnet säger mig ingenting. Är det bekant för dig?"

"Nej, jag har aldrig hört namnet tidigare även om jag kände mig helt säker på att det var hennes namn."

"Du har ingen ledtråd åt mig att undersöka?" frågade Brita förhoppningsfullt.

"Nej, tyvärr."

"Jag skall i varje fall be ministeriets pojkar gå genom persondatafilerna och undersöka om Annas namn dyker upp i något sammanhang."

"Under tiden får vi helt enkelt vänta, precis som tidigare", konstaterade jag. Situationen var bekant.

"Precis, och det betyder att vår kontakt inte bryts ännu", sade Brita. "Det låter som om Anna Tschäder är ett viktigare undersökningsobjekt än Jonas Österfelt. Och att du får koppla av med eller utan de mystiska personerna tills vi hittar mera information att behandla."

"Okay", sade jag och avslutade samtalet med orden "Vi hörs".

Tåget saktade in igen och det verkade som om det tänkte stanna direkt vid Kloten-flygfältet innan det fortsatte in till Zürichs centrum. Det passade mig utmärkt. Jag hoppades också att jag inte skulle stöta på Pekka Suominen på flygfältet, för han hade berättat att han skulle återvända till Finland följande dag efter vårt möte. Innerst inne hoppades jag att han blivit magsjuk av att ha ätit alltför mycket schweizisk ost.

Jag hade inget emot tanken att Pekka Suominen kunde vara någon som måste bort.

KAPITEL 5

Helsingfors, Finland

Hon såg ut som en snögubbe. Eller en snögumma. Jättestora snöflingor hade fastnat på hennes filtliknande, ljusblåa kappa och hennes stickade mössa, och de skulle snart börja smälta. De skulle förvandlas till vattendroppar och trilla på hans golv, där de samlades till våta pölar. Om han inte torkade vattnet från golvytan, skulle fukten sugas in i golvets trämaterial. Med tiden skulle det kanske bli mögelproblem.

Hur mycket han än ville det, skulle han ändå inte torka vattnet från golvet förrän hon hade gått hem. Jonas Österfelt var övertygad om att Anna Tschäder skulle anse honom vara konstig, om han började torka golvet framför hennes fötter. Han ville inte vara betraktad som en icke-social, konstig typ. Hans mål var att göra ett gott intryck på Anna.

Jonas hade bjudit Anna hem till sig. Efter två lyckade träffar var det dags att höja insatserna och sköta följande steg på hemmaplan. Efter att ha bekantat sig med varandra under en träff i Vinterträdgården hade de träffats igen på en liten matbit och bio kvällen innan. Det hade varit en romantisk tragedi och under den sorgligaste scenen hade Jonas låtit sin hand snudda vid Annas hand. Eftersom hon inte hade dragit undan sin hand, hade han tagit ett ömt grepp om hennes lillfinger. Senare under filmen hade han försiktigt smekt fingrets nagel. Trots den lite tafatta, men lyckade gesten hade han inte vågat kyssa henne, när de hade gått åt olika håll efter filmen. Han visste inte om det var lämpligt efter den andra träffen eller om han skulle förlora sina chanser med henne. Så istället hade han frågat om hon ville komma på en matbit till honom följande kväll. Till hans stora glädje hade hon tackat ja. Och nu hade snögumman anlänt till hans hem.

Det hade snöat i tre dygn redan. Det hade snöat stora, tunga snöflingor, som hade fyllt passager och stigar så fort de hade blivit skottade och plogade. Helsingfors befann sig i ett snökaos utan like och stadens underhållspersonal var överbelastad. Alla plogbilar var i användning, liksom alla maskiner till vilka man kunde koppla en plog eller en skopa. Lastbilar körde enorma lass med snö till snöavstjälpningsplatser invid havet. Husbolagens gårdskarlar svettades vid skyfflar och snöskuffare i innergårdarna.

Det kändes fantastiskt att Anna Tschäder hade kämpat sig genom denna stridszon för att besöka honom. Just honom! Han fick helt enkelt inte misstro sina chanser med henne längre. Hon kunde inte visa det med en klarare gest att hon var intresserad av honom. Och det kändes bra.

"Välkommen hem till mig", sade Jonas och log mot flickan. "Även om det inte är särskilt lätt att komma hit under snöväder som detta."

"Jag trivs bra i Vallgård", sade Anna. "Här finns gamla och nya våningshus, alla mera eller mindre trivsamma. Trä-Vallgård är förstås i egen klass med alla hemtrevliga villor och bakgårdar."

"Det är väldigt dyrt att bo i Trä-Vallgård", sade Jonas för det kändes genast som om hans våningslägenhet var otillräcklig. "Där finns hela tiden någonting som måste repareras och husbolagsvederlagen är astronomiska."

"Är du bra på att reparera saker?" frågade Anna när hon fått alla sina ytterkläder placerade på tamburens hängare.

"Nej, tyvärr", sade Jonas lite irriterat. Varför lade hon märke till hans svagheter? För att byta samtalsämne visade han sitt hem. Sovrummet samt vardagsrummet med dess kokvrå.

"Goda dofter", sade Anna med ansiktet vänt mot köket. Hon satte sig i hans soffa och tittade mot hans bokhylla, tv-apparat och gardiner.

"Tack", sade Jonas belåtet och tillade "Det blir italienskt ikväll."

"Själv trivs jag med lite grannare färger", sade Anna och Jonas tittade förvånat på henne. Hur kunde hon veta vilka färger som fanns i den maträtt som baddade under kastrullens lock? Hennes blick var dock vänd mot fönstrets gardiner och han kände en pik igen. Kritiserade hon gardinerna i hans hem?

Hans tystnad fick henne att titta mot hans håll och han vände snabbt blicken åt sidan. Det kändes olämpligt att hon överraskade honom med att stirra på henne. Varför var hon så irriterande idag? Var det ett misstag att bjuda henne till honom så snabbt efter att de hade träffats?

"Jag köpte gardinerna för några år sedan så fort jag hade betalat den sista amorteringen på mitt bostadslån", sade Jonas stolt. "Det var en stor dag och gardinerna var de vackraste jag såg."

"Det låter som om det var en stor dag", sade Anna kort. "Själv vet jag inte mycket om sådana känslor, för jag bor på hyra."

"Det kändes som att bli frigiven från ett fängelse", svarade Jonas med darr på rösten. "Livet var mycket mera avkopplande efter det, eftersom jag inte var finansiellt bunden till någon rutin längre."

"Betyder det att arbetslösheten inte skadade dig?" frågade Anna.

"Delvis", sade Jonas. "Jag fick bostadslånet betalt strax innan jag blev arbetslös. Den uteblivna lönen var alltså inte någon finansiell katastrof för mig. Men den uteblivna sysselsättningen har inte varit lätt att handskas med."

"Kanske jag borde gå på toaletten innan vi äter", sade Anna abrupt och Jonas irriterade sig över att hon snäppte av det ämne som var så viktigt för honom.

Medan hon befann sig bakom den stängda dörren, tittade han surt på sina gardiner. Vad hade hon för rätt att kritisera hans hem? Det hem, som han arbetat för och betalat för? Det hem, som gett honom skydd och tröst under den mörka, arbetslösa tiden? Hur hade hon mage att göra det?

"Det var lite vatten på golvet", sade Anna när hon kom ut ur toaletten.

Naturligtvis, tänkte Jonas. Han hade tagit en dusch innan Anna kom. Han ville känna sig ren. Ifall...

"Hoppas att sockorna inte blev våta", sade Jonas kort.

"Bara lite", sade Anna. "Det gör inget."

"Vill du titta i köket innan vi sätter oss till bords?" frågade Jonas. Han pekade mot vardagsrummets middagsbord med dess fyra stolar, men dukat för två.

"Naturligtvis", sade Anna och tillade "Fint" när hon snabbt sneglade runt hans lilla kokvrå.

Jonas hade velat presentera sin diskmaskin eller kommentera den samling med hans favoritrecept, som han plastat in och fäst på skåpväggarna. Han hade velat berätta något personligt om kylskåpets dörrmagneter eller något om de olika kaffealternativ som hans avancerade apparat kunde producera. Istället såg han att Anna fingrade på något som han inte borde glömt framme. Hon tittade på tok för noggrant på den läkemedelsburk, som Brita Lagerstrand hade ordinerat åt honom. Varför koncentrerade Anna sig på kökets enda föremål, som han inte hade velat att hon tittade på?

Varför tittade hon på hans toalettgolv? Varför lade hon märke till hans gardiner? Jonas kände hur kallsvetten började sippra längs ryggraden. Kvällen tillsammans med Anna verkade inte alls gå i den riktning som han hade velat. Men gjorde det något? Borde han lära sig något av detta? Något som hans sociala färdigheter inte berättade åt honom automatiskt? Hade sessionerna med Brita Lagerstrand gjort honom redo för sådana här situationer? Hur skulle han avhjälpa stressen? Var detta en annorlunda stress än den som hans arbetslöshet orsakade honom?

Jonas lugnade sig när Anna lade pillerburken ner på kökets arbetsbänk igen. Hon steg ut ur den lilla köksvrån och passerade honom lite närmare än väntat. Nervöst viftade han med handen mot det dukade bordet.

När de satte sig till bords, var hans förväntningar höga. Jonas hade satt en massa energi på att skapa en så läcker caponata som möjligt. En tärnad aubergin eller en äggplanta hade baddat i olivolja tills den blivit lagom mjuk. Efter det hade han smaksatt den med vitlök, oregano och timjan. För att göra såsen mera stadig och för att få den att se ut som en stuvning hade han lagt till halverade körsbärstomater och tärnad mozzarellaost. Under tiden hade han stekt ett ciapattabröd i ugnen.

Annas förvirrade min tydde på att hans ansträngningar med maten hade varit förgäves. När han lade en portionsskål med caponata-såsen framför henne bredvid brödkorgen, visste hon inte vad hon skulle göra. När Jonas förklarade att hon skulle skopa sås med brödskivor, verkade hon förstå, men det såg ändå lite klumpigt ut. En del av såsen klarade sig ända fram till hennes mun, men en stor del trillade tillbaka ner i skålen med en plums. Såsen började snart färga både Jonas gula bordsduk och Annas vita skjorta.

Anna påstod att hon gärna ville fortsätta äta av den härligt goda caponatan senare hemma från sin skjorta, men Jonas var inte övertygad om att hon sade det med glad förväntan i rösten. Eller som ett skämt. Han mumlade något om att hans idé att skopa sås med brödskivor kom från de fordon som lyfte snö upp på lastbilsflaken. Igen en gång stirrade Anna på honom som om hans idéer var vansinniga.

"Smaken är fantastiskt god", sade Anna ärligt.

"Kanske jag borde ha gjort något enklare", mumlade Jonas förläget.

"Äggplantan hade kanske fungerat på en pizzabotten", föreslog Anna.

Jonas rodnade. Annas uttalande bevisade att hans idé hade varit misslyckad. Han var misslyckad. Han kunde inte göra något rätt. Det var omöjligt för honom att göra ett intryck på en flicka. Han var arbetslös och allt han gjorde var dömt att misslyckas.

"Jag köpte faktiskt en djupfryst färdigpizza häromdagen", fortsatte Anna. "Den var riktigt god."

Jonas kunde inte annat än att stirra på flickan. Hon föredrog färdigpizza framom hans hemlagade mat! Hon kunde inte vara riktigt klok. Hade det varit en medveten skymf eller var hon rentav dum? Det började låta som om hon inte var en särskilt bra kock själv och det kändes inte bra. Matlagning och bakning var några av Jonas viktigaste hobbyer och han hade hoppats på att de kunde dela det intresset. Den förväntningen verkade bli raserad.

"Vem är John From?" frågade Anna och lade armbågarna på bordet. Hon hade avslutat måltiden med att släppa ur sig en verklig bomb. Jonas försökte samla sina tankar. Hur skulle han förklara sin drömgestalt utan att verka alltför galen?

"Hur så?" frågade han för att vinna lite tid.

"Du mumlade namnet på bion igår", sade Anna.

Det kändes obehagligt. Jonas hade inget minne av att han skulle ha nämnt Johns namn under sin gemensamma kväll med Anna. Han hade inte ens tänkt på den hemliga agenten från sina drömmar så länge Anna var närvarande. Började minnesfragmenten försvinna igen?

"När då?" frågade han med en lite olycklig ton.

"Under en scen i dramat", svarade Anna. "När huvudpersonen var döende och han avslöjade den tragiska sanningen för sitt livs stora kärlek."

"Mitt liv börjar närma sig sitt slut", mumlade Jonas.

"Det var just de orden som huvudpersonen sade, när du mumlade namnet "John From". Jag är helt säker på att det var just det namnet och inte något som liknade det."

"Jag minns det inte. Tyvärr."

"Du var nog vaken även om det var en lite långtråkig tragedi."

"Jag minns det ändå inte", upprepade Jonas med en lite högre röst. "Inte sade jag väl det högt men en störande röst?"

"Nej. Men känner du då någon John From, som är döende?"

Jonas valde att inte svara på hennes fråga. Han samlade ihop de tomma tallrikarna och bar dem till köket. Hur mycket skulle han berätta om sina terapisessioner för Anna? Hon kunde väl inte bortse från faktumet att de hade träffats för att han var patient i den läkarfirma, där hon fungerade som receptionist? Det kunde väl knappast komma som en överraskning för henne att han kanske hade psykiska problem? Men här var hon trots det. Borde han vara ärlig med henne? Kanske det inte var så omvälvande om han berättade för henne om John From? Han satte sig tillbaka till bordet, medan kaffekokaren började puttra.

"John From är orsaken till att jag går hos Brita Lagerstrand", sade Jonas. "Han är min fantasifigur och jag brukar drömma om honom."

"Drömmer du om en man?" frågade Anna förbluffat.

"Nej, inte på det sättet", sade Jonas och rodnade lite. "Han är bara någon, som brukar dyka upp i mina drömmar. Det är inte fråga om några våta drömmar."

"Men det är drömmar som du minns. Jag förstår inte. Du sa att du inte minns att du nämnde John From igår kväll."

Det började kännas allt mera obekvämt. Jonas kände på sig att han höll på att förlora greppet. Eftersom han själv inte kände till varför han hade ett behov av terapi hos Brita Lagerstrand, hur skulle han då förklara behovet åt utomstående?

"Du har rätt, Anna. John From är inte orsaken till att jag går i terapi hos Brita, men det känns som om drömmarna om John From är ett av symptomen till mina problem. Jag går hos Brita för att jag lider av några oförklarliga minnesförluster. Nu verkar det som om minnesluckorna fortskrider, eftersom du berättar att jag har sagt något som jag inte har något minne av."

"Jag förstår", sade Anna tveksamt.

Tystnaden som följde var pinsam. Jonas granne började spela reggaemusik och ljudet hördes svagt genom väggen. Eller inbillade han sig? Vågade han fråga Anna om även hon hörde musiken? I varje fall kommenterade hon inte ljudet.

"Jag är inte galen", sade Jonas med en svag röst.

"Det var inte så jag menade", sade Anna, kanske lite alltför snabbt. "Eller jag vet ju naturligtvis nog att det är något, eftersom du går hos Brita, men det är inte så allvarligt. Min instinkt säger nog om jag borde undvika någon eller inte. Det är inte något fel på dig. Åtminstone inte ur min synvinkel, men jag ville ändå fråga."

"Fråga på bara", sade Jonas. "Vad du än vill."

"Det där citatet i filmen verkade vara viktigt för dig. Eller för John From. Du måste väl förstå att det är ett lite kontroversiellt citat."

"Mitt liv börjar närma sig sitt slut."

"Just det. Det låter som en önskan eller som ett konstaterande."

"Jag har personligen ingen önskan om att få dö."

"Okay."

"Jag vet inte om John From vill dö. Jag kan inte styra honom. Han dyker upp i mina drömmar vare sig jag vill det eller inte och jag kan inte styra dem."

"Okay."

"Och jag har nog ingen lust att fortsätta den här diskussionen", sade Jonas med en röst som han var medveten om att var kanske lite väl hätsk. "De här sakerna vädras till lust och leda under sessionerna med Brita. Jag hade gärna sett att våra stunder skulle innehålla något annat än mina mörka sidor."

"Kanske det är bäst att jag går nu", sade Anna och steg upp.

Jonas gjorde ingen gest av att försöka hindra henne. Han förblev sittande på sin stol när Anna gick till tamburen, där hennes ytterrock inte hade hunnit torka ännu. Plötsligt kände han sig oerhört trött. Om Anna inte hade varit i tamburen, skulle inget ha fått honom att stiga upp ur stolen. Långsamt raglade han mot utrymmet, där han hörde Annas filttyg svepa mot varandra. När han kom fram, avslutade kaffekokaren sina ansträngningar och pressade de sista kaffedropparna ned i pannan med ett prutt-liknande ljud.

"Det var inte jag", sade Jonas med en förlägen blick.

"Vi återkommer", sade Anna med ett blygt leende. Kanske hon hade överseende med den misslyckade kvällen trots allt. Han nickade åt henne och såg hennes ljusblåa kappa försvinna genom dörröppningen.

Jonas gick till det kombinerade badrummet och toaletten. Anna Tschäders parfym hängde fortfarande kvar i luften. Han såg sin avbild i badrummets spegel och gillade inte vad han såg. Hans knytnäve spändes, men han slog den inte i lavoaren framför sig. Han visste inte om han såg Jonas Österfelt framför sig eller om det var John From. Oberoende av om det var en vän eller fiende, kände han sig besviken och rasande. Antingen väste han för sig själv eller så väste någon i hans öron:

"Någon måste bort."

Koh Mai, Thailand

Det var omöjligt att välja, men det gjorde ingenting. Jag hade den fantastiska lyxen att inte behöva välja. Jag kunde få båda. Då vanliga människor ofta ställdes inför svåra val, fick de ta ställning till vilket som var det gemytligare alternativet, och de valde det. För andra människor var det lättare att ta ställning till vilket som var det sämre alternativet, och avstå från det. Lyckligtvis var jag, John From, inte en vanlig människa.

Soluppgången på den lugna, vackra paradisön var så vacker att man ofta valde att vakna tidigt för att få möjligheten att se dagens första solstrålar. Andra ansåg att solnedgången var vackrare, och även de brukade flockas på sandstranden för att få se en glimt av dagens sista solstrålar. Men jag var inte någon vanlig någon. Jag hade lyxen att få beundra både soluppgångar och solnedgångar. Som motvikt till den relativt korta nattsömnen brukade jag ta en två timmars tupplur på eftermiddagen.

Koh Mai var en relativt oupptäckt turistö, även om den låg i närheten av den största turistön av dem alla: Phuket. Jag hade hyrt en bungalow för ett helt år vid en av Koh Mais oändligt långa sandstränder och jag fick vara i fred. Varken ministeriet, pressen, gamla fiender eller vänner hade sökt upp mig på den avlägsna thailändska ön. Och jag hade inte behövt ringa upp min terapeut och Brita hade inte ringt upp mig.

Men även i Koh Mai var turisterna sig lika. De var för lata för att stiga upp tidigt för att se soluppgången så de koncentrerade sig på solnedgången istället. Och när de hade sett den förbestämda solnedgången, var det dags för en sen middag i någon av de provisoriska strandrestaurangerna med glimtande elektriska julljus. Och de svåra valen mellan krabba i gul currysås, tom yum-kokoskycklingsoppa, nötkött i grön currysås eller grillade kycklingspett i satay-jordnötssås.

Trots att jag hade bott på Koh Mai bara under en vecka ännu, hade jag redan sett allt och upplevt allt på ön. Jag var fortfarande i ett uppspelt tillstånd och hade svårt att koppla av. Jag kunde ha hoppat på ett av de asiatiska lågprisflygen och rest till ett annat land med något nytt att se och ännu mera att uppleva. Men jag förstod att det var nu jag måste ha is i hatten. Det var nu som jag testades och det var nu som jag hade beslutat mig för att varva ner. Jag måste inte ha något att göra. Jag kunde lära mig att slappna av och njuta av lättjan.

Redan nu hade avslappnandet fört med sig en avsevärd fördel. Det kunde naturligtvis lika gärna vara den friska luften som gjorde att jag sov bättre, men jag ville tro att det berodde på mitt lugna sinne. Jag drömde allt mindre och sov istället en allt djupare och bättre sömn. Ibland överraskades jag ännu av den förbaskade, uttråkande Jonas Österfelt, men lyckligtvis allt mera sällan.

Senast hade varit föregående dag, då jag hade sett en motorbåt med en professionell dykare och hans turistkunder en bit från stranden. Jag hade plötsligt känt ett starkt déjà-vu. Som om jag eller Jonas Österfelt hade upplevt en dykning i Thailand i detta eller under ett tidigare liv. I drömmen hade jag eller Jonas diskuterat livligt med dykarinstruktören som om han hade varit min eller Jonas nära vän. I drömmen hade dykaren haft sitt namn broderat på dykardräkten, men namnet "Peter" sade mig ingenting.

Det var i en exil som denna som jag verkligen kände att jag inte hade några vänner längre. Jag hade ingen att dela mina tankar med och ingen som ville veta hur jag hade det i mitt nya, främmande land. Jag undrade om tråkiga, vardagliga Jonas Österfelt hade vänner. Hur otroligt det än kändes så verkade det som om Jonas hade ett spännande, exotiskt liv, medan jag möglade bort här i detta varma, vackra fängelse. Jag, en hemlig agent!

Mina ägodelar hade skickats från Finland till Bangkok med en specialcontainer och den väntade på mig där. Jag hade inte helt bestämt mig för att hämta sakerna ännu, för jag var lite skeptisk till om det var Koh Mai eller någon annan plats, där jag ville etablera mig. Alla mina inbesparingar och mitt furstliga avgångsvederlag väntade på ett thailändskt bankkonto och det skulle räcka till för en dräglig tillvaro långt framöver. Nu var det bara upp till mig att bestämma vad som var en dräglig tillvaro för mig. Och var.

Vågorna från Bengaliska viken kluckade mot sandstranden och det grönskiftande havet såg lite oljigt ut. Det var helt normalt. En bit från sandstranden vilade min bungalow i skuggan av en klunga med palmer. Bakom palmerna ringlade en dåligt skött sandväg, som om några år skulle ersättas med en asfalterad strandpromenad. De ruckliga strandrestaurangerna skulle förvandlas till nöjeskomplex i betong och till restauranger med kliniskt rena kök. Den fridfulla, men vilda djungeln bortom sandvägen skulle ersättas med planterade växter på lyxvillors bakgårdar. Ville jag vara en del av utvecklingen? Skulle jag välja vilka växter och vilka vilddjur som måste bort, och vilka som skulle få fortsätta leva?

Jag delade stranden med turister, fiskare och lokala kvinnor och barn, som letade efter värdefulla föremål bland sand, bråte och vågor. Ibland brukade jag roa mig själv med att gissa turisternas nationalitet och förvånansvärt ofta hade jag gissat rätt. Engelsmännen var högljudda, ryssarna smaklösa och svenskarna vackra. Men mina forna landsmän, finländarna, var kanske de mest igenkännbara av dem alla. De tittade omkring sig som om de hade landat på månen, och med välvillig, god tro lyfte de sina handflator mot varandra till en hälsning åt alla lokala, som kom emot dem. När de såg någon västerlänning, tittade de surt åt ett annat håll för de kände sig förolämpade över att andra turister hade hittat "deras" strand. Finländarna var ofta svettiga och rödbrända, för de kunde inte undgå den brännande solens strålar. Jag saknade finländarna och mitt gamla hemland oerhört mycket, men jag undvek ändå att låta turisterna veta från vilket land jag härstammade. Men kanske jag en dag skulle glädja mig över alla små ord och nyheter som jag fick dela med mina forna landsmän.

Och så skedde det. Bland dagens finländska turister dök Anna Tschäder plötsligt upp.

Hon hade blicken fäst i mig, där jag stod barfota på stranden, klädd endast i mina shorts. Hon kom gående mot mig så målmedvetet att jag inte förmådde mig att springa undan. Det brukade jag normalt göra när finländare närmade sig. Hennes långa, tunna, gredelina klänning fladdrade över sanden och det långa, blonda håret svajade lätt i vinden.

"John From", konstaterade hon lugnt med sin skarpa blick fäst i min. Hon räckte inte fram sin hand även om det var första gången vi träffades. Genom att meddela mitt namn hade hon slagit av alla formaliteter. Hon hade bara berättat öppet vad hon visste och det tydde på en ömsesidig respekt. Det behövdes inga onödiga hövligheter, när vi finländare möttes, och jag gillade det.

"Anna Tschäder", ekade jag och flickan lade sitt huvud på sned, som om hon smakade på den sanning som jag just hade sagt högt.

Flickans respektfyllda, professionella blick vek snabbt undan och ersattes med ren lust. Det var ingen tvekan om vad hon ville, och jag kände mig lite svag. Var hon intresserad av mig för att jag var en före detta hemlig agent? Skulle jag uppfylla förväntningarna på min yrkeskår? Att vi är förtrollande skickliga älskare? Någonting utöver det vardagliga?

Jag avslöjade inte att jag hade sett henne i Nya Zeeland, Japan, Italien och Schweiz, men något inom mig sade att hon visste det redan. Att det fanns en förklaring till allt. Frågan var hur mycket hon visste om mig. Hur länge skulle jag bli utpumpad av henne innan hon var nöjd med allt som kunde pressas ur mig? Trots att hon hittills hade verkat ytterst oåtkomlig, utnyttjade hon en helt annorlunda stil nu. Jag var inte missnöjd över vändningen.

Borde jag vara på min vakt? I agentromaner skulle Anna Tschäder vara en typisk femme fatale, en farlig kvinna, som under min mest ömtåliga situation skulle utnyttja mig till vilka syften hon än arbetade för. Var jag fortfarande av intresse för någon som en före detta, numera arbetslös, hemlig agent? Eller hade hon skickats för att likvidera mig?

Jag tog hennes hand och nickade menande mot min bungalow. Annas drömlika, trånande ögon såg ut att skrika ett bekräftande "ja". Hon följde efter mig över den vita sanden, lika barfota som jag, och det kändes som om vi plumsade i Finlands tröstlösa vintersnö. Vilka Annas avsikter än var, var jag inte intresserad av dem för tillfället. Jag ville ha henne, nu. Jag ville visa att jag hade tänkt på henne alltsedan jag såg henne för första gången i Nya Zeeland.

Vi hade knappt stängt dörren bakom oss förrän hennes klänning hade svepts mot golvet. En vit bikini smälte in mot hennes kritvita hud, ett tecken på att hon verkligen kom från midvinterns Finland. Hon famlade med mina shortsknappar, medan jag sög på hennes underläpp i en lång, het kyss.

Det kändes mera som en obetydlig stöt än som ett hugg. Även om det inte gjorde ont, förstod jag omedelbart att det var allvarligt. Jag förstod också att hennes avsikt var fullbordad för hon gled mera än lätt ur min omfamning. Jag visste att jag inte borde dra ut den, och därför var det bra att jag inte lyckades nå den med min hand. Jag fick bara finna mig i att det kändes obehagligt utan att det gick att göra något åt det.

När jag ramlade framåt och blev liggande över golvet med magen före, var jag lite nöjd över att dolken inte skulle borras djupare in. Det hade skett om jag hade fallit bakåt, för dolken var inhuggen någonstans mellan mitt vänstra skulderblad och ryggraden. Det var förmodligen en livshotande skada för allt började se otydligt ut, som om jag befann mig i en dröm.

Anna Tschäder satt en bit framför mig på golvet och hon betraktade mig tyst med armarna runt sina knän. Hon tittade på min dödskamp som om det var ett intressant vetenskapligt experiment med mig som ett försöksdjur. Vilket hennes uppdrag än var, hade det lyckats. Jag funderade om jag borde försöka skrika på hjälp eller inte, men det skulle inte tjäna mig ett dyft.

Vad skulle ske med mina ägodelar i Bangkok? Med mitt bankkonto? Med gamlingarna som jag hade räddat? Med Finland? Med mina drömmar? Skulle någon arbetslös få mitt gamla arbete, när jag inte längre fanns? Vad skulle ske med Anna efter detta? Skulle hon gå vidare mot nästa uppdrag eller skulle hon tänka på mig då och då? På sitt lyckade uppdrag? För Finlands bästa? Vem var hon egentligen? Min bödel? Var hon någon som hade bestämt att jag måste bort?

Allt blev allt mera otydligt som om alla konturer blandades ihop i en grå massa. Allt det gråa blev allt mörkare och det var tydligt att jag förväntades gå mot mörkret. Någonstans vid sidan av mörkret såg jag en soluppgång, en thailändsk soluppgång. Mitt i den solen såg jag Jonas Österfelts ansikte. Den jäveln. Varför skulle han pina mig under dessa sista stunder? Han såg på något sätt livskraftig ut. Som om den tråkiga mannen hade fått en oväntad uppfräschning. Hade han kanske fått ett arbete efter att ha varit arbetslös så länge?

"Mitt liv börjar närma sig sitt slut."

Orden ekade i mitt bakhuvud utan att ha ett vitt, snöfyllt alplandskap som bakgrund.

Med mina sista krafter spetsade jag min blick i Anna Tschäder, som betraktade mig utan att vika undan med blicken. En liten bit av mig tycktes säga att jag inte hade gjort särskilt mycket för att förhindra hennes död. Att hon rentav hade varit välkommen. Att jag som hemlig agent varit beredd att offra allt för någons bästa.

"Varför?" frågade jag.

"Jag har kommit för att rädda dig", viskade min vackra bödel.

Och sedan blev allting vitt.

DEL 3

Tillbaka

KAPITEL 6

Helsingfors, Finland

Mitt undermedvetna meddelade mig att det var dags att vakna. Långsamt öppnade jag ögonen och sträckte på mina lemmar under det sköna täcket. Något var annorlunda, och det kändes bra. Jag kände mig pigg och utvilad, som om mina tankar hade blivit förnyade under sömnen. Rentav frisk. Jag vände min blick mot fönstret, för det kändes som om det overkliga kom därifrån.

Spjälgardinerna stängde dagsljuset utanför men de släppte ändå så pass mycket genom att jag förstod att nattmörkret hade gett vika långt tidigare. Morgonen var långt kommen, för dagsljuset brukade börja lysa upp dagen rätt sent så här i januari. Eller hade jag sovit i flera månader? Några dammkorn svävade lätt mot dagsljuset. I all lugn och ro lät jag min blick följa deras färd mot ingenstans. Vad annat hade jag att göra? En arbetslös man, vars största nöje var en natt fylld av tung, skön sömn?

Den lätta, behagliga känslan tycktes ge efter så fort mina tankar gick in på arbetslöshet. Med all min viljekraft slog jag dem åt sidan, för jag ville njuta av mitt alltför sällsynta, lätta, utsövda sinne. Ändå ville mitt undermedvetna leta efter orsaken till allt detta konstiga. Hade jag legat i sängen under hela tiden som jag blivit utvilad? Eller hade mina tankar, eller rentav jag själv, varit någon annanstans under sömnen? Var mina tankar utsatta för främmande krafter? Genterapi? Ett annat "jag"? Mitt alter ego? Är tankar och drömmar något annat än enbart nervsignaler?

Ett plötsligt ljud skrämde mig och jag hickade till. Hade jag slagit tankarna så hårt åt sidan att de hade konkretiserats på något sätt? Några lätta fotsteg närmade sig och jag kände mig plötsligt panikartat utsatt i min bädd. Och så stod hon där. I dörröppningen till mitt sovrum. Och hon släppte in härligt god matdoft från köket.

Trots att jag ännu var yrvaken, kände jag igen henne omedelbart. Jag flämtade dock inte hennes namn på det fåraktiga sätt som många gör i liknande situationer i filmer och tv-serier. Istället försökte jag titta på Anna Tschäder utan att se förbluffad ut. Men inom mig kokade jag av ängslan.

Hade vi tillbringat natten tillsammans utan att jag mindes det? Var hon så usel i sängen att jag hade glömt det? Eller var det jag som varit usel? Jag mindes inte ens att jag hade bjudit henne hem till mig. Hon var intressant, men vi hade väl inte hunnit bli så intimt bekanta ännu? Och det här var väl höjden av intimitet att hitta henne i min egen bostad som om vi hade bott tillsammans i åratal redan? Och hon höll på att laga mat? I mitt kök?

Samtidigt upptäckte min högra hand något anmärkningsvärt vid sidan av min bädd. Som alltid tidigare hade jag sovit på vänstra sidan av min dubbelsäng, men den högra sidan var orörd. Anna hade inte sovit tillsammans med mig!

"Vad gör du här?" frågade jag med en svag röst även om jag innerst inne visste att jag samtidigt förlorade mitt pokeransikte. Jag avslöjade för henne att jag inte mindes någonting av vad som hade skett innan jag somnat in i min bädd.

"Jag har kommit för att rädda dig", sade den unga flickan med ett hemlighetsfullt leende och försvann från dörröppningen.

Jag kände ett starkt déjà-vu som om allt detta hade hänt redan tidigare. Jag mindes alltför väl att jag hade haft problem med mitt minne och att jag besökt en psykiater för att reda ut orsakerna till det, men tydligen hade problemen inte blivit lösta ännu. Eller hade allt skett redan tidigare i en dröm? Under den sköna sömn, som jag nyss hade vaknat upp ifrån? Omtumlad fumlade jag med mitt täcke och satte fötterna på golvet.

"Du har sovit i 14 timmar", ropade Anna från köket och jag satte mig tillbaka i sängen. Jag var chockad. 14 timmar! Aldrig tidigare hade jag sovit så länge. Sedan jag blivit arbetslös hade jag sovit i högst fem timmar i ett sträck.

Jag hörde stegen igen och förläget viftade jag täcket över mitt underliv även om jag redan hade upptäckt att jag sovit i mina kalsonger.

"Du får hoppa över frukosten för jag har redan lunchen i ugnen", sade Anna och tittade glatt på mig. "Det blir en ugnsform med batater, malet kött och ost."

Jag visste inte om det var den härliga matdoften eller den långa sömnen som gjorde att tanken på mat var oerhört aptitretande. Med en entusiastisk nickning ville jag visa mitt uppskattande även om jag var förbryllad över min oväntade gäst.

Hon försvann till köket igen och jag gick till toaletten. Medan jag släppte ut timtals gammal vätska ur mig tittade jag omkring mig för att se något som kunde ge en ledtråd till vad allt detta betydde. Alla mina grejer var på sina platser och inget konstigt överflödigt hade synts till varken i toaletten eller i sovrummet. Mitt på tamburens golv stod en stor kasse, som jag visste att var Annas. Jag såg också hennes stövlar, ytterrock och stickade mössa.

Skramlet från tallrikar och dricksglas slutade och plötsligt svävade hon framför mig med mina bekväma hemkläder i sin hand. Ordlöst räckte hon dem åt mig och jag förväntades tydligen klä mig i dessa lätta bomullskläder. Jag kände mig som en patient inför en sjuksköterska. Var det så? Var jag sjuk?

"Sätt dig till bords", sade hon som om hon var lägenhetens ägare och värdinna.

"Jag är verkligen hungrig", sade jag och tittade glupskt på ugnsformen med dess ångande, väldoftande innehåll.

Ett enormt torn med batatens orange färger prydde snart min tallrik. Gul ost flödade bland brunt kött och det såg så hett ut att jag drack en stor klunk med vatten innan jag högg in.

"Anna, jag vet vem du är men jag har faktiskt inget minne av vad som skedde innan jag somnade in", sade jag förläget. Det kändes dock mera än rätt att vara ärlig.

"Vi var verkligen inte sanslöst berusade om det är det du är orolig för", sade flickan med sitt gäckande leende.

"Jag vet det för jag har ingen baksmälla", sade jag. "Jag är så pigg och utvilad som jag inte varit på åratal."

"Jonas, jag måste nog erkänna att jag är ansvarig för ditt tillstånd", sade hon.

"Tack", sade jag utan att riktigt veta varför. Det hon hade gjort måste väl vara något bra.

"Minns du att jag kom hit objuden igår kväll?" frågade hon.

Gaffeln med en stor batatbit stannade strax utanför min mun. Alldeles. Nu när hon sade det, så mindes jag det nog. Dörrklockan hade klämtat och jag hade sett henne bakom dörren. Jag hade släppt in henne och jag hade bjudit henne på ett glas blåbärssaft, eftersom jag inte ville störa min nattsömn med en kopp kaffe eller te. Men vad hade skett därefter?

Anna Tschäder fumlade med något i köket och hon lade en pillerburk på bordet.

"Jag lade en rejäl dos av detta i din saft", erkände hon.

"Sömnmedel?" sade jag med en frågande min när jag hade studerat pillerburkens etikett. "Men jag har inte sådana preparat."

"Precis, jag hämtade det med mig från jobbet", sade Anna. "Det var viktigt att du skulle få en ordentlig nattsömn."

"Varför det?" frågade jag. "Jag har inte velat använda sömnmedel tidigare för jag vill inte bli beroende av dem."

"Den goda sömnen är det första steget i din avvärjning", sade Anna och allt kändes allt mera kryptiskt.

"Avvärjning från vad?"

"Från detta", sade Anna och lade en ny pillerburk på köksbordet.

"Min medicin?" utbrast jag när jag kände igen de piller som jag hade ätit i några månaders tid redan.

"Den medicin som Brita Lagerstrand ordinerade dig när du började gå hos henne."

"Brita? Min psykiater?"

"Ja", sade Anna bistert. "Något är på tok med dig och det är uppenbart att Brita är inblandad i det."

Jag lade besticken åt sidan och tittade på det halvätna tornet. Plötsligt kände jag mig inte särskilt hungrig längre. Jag visste inte vad jag skulle tro.

"Den här medicinen är stark, och den är inte helt godkänd av myndigheterna ännu. Den är absolut inte menad åt sådana som kommer till en psykiater med lätta symptom. Den ordineras åt patienter med svåra symptom och den kan till och med ge patienter med lätta symptom ängslan.

Det finns fall där situationen blivit värre för patienter om alltför starka preparat blivit fel ordinerade."

"Men varför?" Jag lyckades inte säga meningen till slut. Det kändes som om luften tog slut mittemellan.

"Jag vet inte", sade Anna med ögonen fästa i mig. "Men när jag besökte dig första gången och såg pillerburken kändes det omedelbart som om något var på tok."

"Hur kan du veta vad medicinen är för något?"

"Du menar säkert hur en receptionist kan veta något om mediciner?" sade Anna beskt, men fortsatte utan att vänta på mitt svar: "Jag är utbildad sjuksköterska. Jag har dock fastnat i receptionen utan att ha varit särskilt aktiv arbetssökande till sjukvårdarbranschen."

Jag tittade surt på henne. Det lät som om hon kunde välja och vraka bland arbetsplatserna.

"Och titta här" sade hon med sin blick på Britas pillerburk. "Det finns ingen etikett som visar på att medicinen har ordinerats åt just dig."

"Hon gav personligen burken åt mig", sade jag. "Hon sade att det var en kur som inte behöver något recept."

"För att preparatet eller den hälsovådliga skötselrekommendationen inte skulle kunna spåras till henne", tillade Anna. "Hon kan ljuga och säga att hon inte har haft något med pillren att göra. Att du har skaffat dem på egen hand och att du har försatt dig i din situation på egen hand."

"Men varför?" väste jag gällt och försökte pressa en batattärning i min mun igen. "Varför skulle någon psykiater vilja göra något sådant? Och varför är du här? Hur i fridens namn lyckades du luska ut detta så att du kunde förhindra det som pillren skulle ha åstadkommit? Och vad skulle de ha åstadkommit?"

"Jag tror att hon ville försätta dig i ett psykotiskt tillstånd. Skuffa dig över branten. Se till att du kom till ett sinnessjukhus."

Anna skulle ha fortsatt med de grymma orden om jag inte hade fällt gaffeln i tallriken med en skräll.

"Det låter som om du har något personlig mot henne?" sade jag försiktigt.

"Nej, men jag har hela tiden känt att något är på tok med henne. Och ditt fall bara bekräftar det."

"Vi kan inte anklaga henne för ett så grovt brott bara för att det känns fel. Och hon kan närsomhelst bortförklara pillren med att de är en produkt av min fantasi. Eller att hon gett dem av misstag."

"Hon brukar inte säga någonting åt sina kolleger. Hon sitter tyst i kafferummet utan att säga någonting. När jag kommer in i samma utrymme som hon brukar det kännas iskallt."

"Inget av de där är objektiva bevis för något", påpekade jag. "Vem som helst kan vara asocial utan att vara en brottsling. Vi arbetslösa är ofta inåtvända men inte utgör vi någon fara för samhället av den orsaken. En börda är jag kanske, men inte farlig."

"Men det finns också annat som visar på att allt inte är som det skall", sade Anna.

Jag stönade och gick mot fönstret. Den korta vinterdagen släppte in sällsynt dagsljus i rummet. Jag ropade till av överraskning. Världen utanför hade störtat i ett kaos.

Ett tjockt snölager tyngde våningshusets tak mittemot mitt fönster. Två arbetskarlar fästa i rep höll på att skyffla stora snöhögar från taket så att lassen föll med en dov duns mot trottoaren nedanför. Någon visslade åt dem att sluta sitt arbete så fort några fotgängare närmade sig trottoaren. Små traktorer skuffade stora snöhögar vid vägrenen så att ingen bil hade plats att parkera längre. Allt var inbäddat i ett vitt lager som om hela staden var en steriliserad sjukhusmiljö. Det rena landskapet såg ut som en missvisande kontrast till det snökaos som det egentligen var. Jag hade verkligen sovit en livstid sedan jag tillbringat senaste regniga nyårsafton i mitt hem, alldeles ensam.

Jag vände min blick tillbaka till min tallrik med en halv portion mat och en flicka, som satt vid bordet med blicken fäst i mig. Hon såg min förtvivlan stiga. Hon såg min misstro stiga. Det började vara för mycket. Minnesförlust. Fantasifigurer. Delad personlighet. Allt på grund av felaktig medicinering? Allt det därför att en läkare, som jag litade på, ville mig illa? Varför?

"John From", viskade jag. "Visst är han en fantasifigur? Säg att han är påhittad."

"Vad tror du själv?" frågade Anna terapeutiskt efter ett par sekunders tystnad.

"Naturligtvis har mitt medvetande konstruerat honom. Det finns ingen finländsk hemlig agent och allra minst skulle han vara jag. Men varför dök han upp just nu under hösten? Hur kan en psykiater konstruera ett alter ego åt en patient?"

"En terapeuts uppgift är att leda diskussioner i en önskvärd riktning", sade Anna. "Om man kommit till en återvändsgränd med sina tankar, är det terapeutens uppgift att leda patienten längs en alternativ väg. Terapeuten har stor makt att välja vilken väg som tas. Om man av någon orsak vill det, kan den vägen leda till en katastrof."

"Men hur har Brita gjort det?" frågade jag ilsket. "Viskat John Froms namn i mitt öra så att jag har börjat drömma om honom om nätterna? Och sedan har jag glömt att hon har avfyrat hela processen?"

"Just det", sade Anna. "Du sade det själv en kväll åt mig. Det lät så fantastiskt att det fick mina misstankar att stiga mot Brita. Det hon hade sagt åt dig var så fantastiskt att det inte kunde förklaras på något annat sätt än att hon vill dig illa."

"Vad var det?"

"Du berättade att Brita hade sagt åt dig att något måste göras för att få bort ditt alter ego. Den fantasifiguren var Jonas Österfelt, och att hon kallade dig för John From."

"Det var verkligen konstigt, ja."

"Om hon försöker säga att du är en fantasifigur och att den figuren måste förintas av John From, så är det uppenbart att hon försöker välta dig över kanten. Så att du inte vet vad som är verkligt och vad som är påhittat längre. Hon försöker förinta Jonas Österfelt."

Det fanns inget mera att säga. Så fort jag hörde Anna Tschäder säga det, insåg jag att hon hade rätt. Det fanns inget som kunde försvara Brita Lagerstrands ord och pillerburken var ytterligare ett bevis på hennes skuld. Efter många timmars sömn var jag redo att ta emot information och behandla den, men det kändes ändå fantastiskt. Vad kunde vara motivet till ett så nesligt dåd?

"John From är död", konstaterade jag med en röst som lätt kunde tolkas som en fråga. "Du dödade honom i min dröm."

"Han är död om du bestämmer att han har förintats", sade Anna.

Och kunde jag lita på Anna? Hon serverade mig en sanning med lika stor trovärdighet som Brita Lagerstrand hade serverat mig en sanning om John From. Tänk om jag blev utsatt för dubbelsvindel? Att Anna försökte få mig att tro på något felaktigt genom att fabricera en lögn om Brita? Jag beslöt mig för att försöka hålla huvudet kallt och ta emot allt som serverades mig. Men i rätt ögonblick skulle jag samla en tredje åsikt om allt. Jag skulle nog hitta den rätta tredje personen ännu. Och efter det skulle vi reda ut vilken "sanning" som måste bort.

Hon steg upp från sin stol och gick mot mig. Hon ställde sig pinsamt nära mig, där jag stod vid fönstret med ryggen mot snökaoset utanför. Jag försökte låta bli att titta på henne.

"Vi skall reda ut det här, var så säker", sade hon med en låg röst.

"Vi? Det är jag som är privatdetektiv", utbrast jag.

"Men du är jävig", sade hon gäckande. "Det gäller ju dig. Du kan väl inte undersöka dig själv?"

"Det kan jag visst det", sade jag. "Så länge jag gör det gratis för eget nöjes skull. Så länge jag sysselsätter mig själv. Så länge ingen betalar för mina undersökningar. Så länge jag inte är av nytta för någon annan än mig själv."

"Men jag tänker hjälpa dig", insisterade Anna. "Det är du skyldig mig efter att jag har gjort dig uppmärksam på uppdraget. Jag har kommit för att rädda dig."

"Vad skulle du kunna göra?"

"Det finns mycket jag kan snoka reda på om Brita Lagerstrand, eftersom vi jobbar på samma arbetsplats."

Naturligtvis hade flickan rätt. I själva verket skulle jag inte kunna reda ut Britas motiv utan Anna.

"Nåväl", sade jag. "Men visst är det konstigt."

"Vad är konstigt bland alla konstigheter?"

"Att jag är privatdetektiv och mitt alter ego en hemlig agent, men att det behövs en sjuksköterska för att reda ut detta fall."

"Vem som helst kan få en överraskande uppgift i sitt liv, oberoende av vad man har för yrke."

"Eller oberoende av om man är sysselsatt eller arbetslös", sade jag tankfullt.

Och oberoende av om man är arbetslös eller av vikt för samhället, kan någon plötsligt bestämma sig för att man är någon som måste bort. Men det försökte jag låta bli att tänka på.

KAPITEL 7

"Hur skall vi gå tillväga för att få fast Brita?" frågade Anna.

Bra fråga, tänkte jag. Och vad betydde det egentligen i praktiken att vi ville få henne fast? Hon skulle väl knappast få något avsevärt straff för att ha gett mig fel terapeutiska råd eller fel medicin. För hon kunde väl inte vara så dum att hon erkände öppet att hon ville mig illa?

"Vi måste helt enkelt samla mera tecken på att hon gjorde det konstiga med avsikt", svarade jag tankfullt. "Vi måste hitta mera information. Vad kunde hon ha för motiv? Varför just jag? Sådana frågor."

"Det måste väl finnas något yrkesetiskt råd dit man kunde anmäla henne?" tänkte Anna högt.

"Om vi ställer henne mot väggen med en direkt fråga eller med en anklagelse eller med ett åtal, så kommer hon bara att neka", sade jag.

"Vi måste alltså nosa fram spår", sade Anna entusiastiskt. "Som blodhundar. Eller som nyfikna amatördetektiver."

"Men med den skillnaden att jag är auktoriserad privatdetektiv. Inte amatör."

Anna Tschäder log och tittade mot snölandskapet framför oss. Vi gick bredvid den snöfyllda backe, som vette från Pauluskyrkan mot Vallgårds koloniträdgård. Den lilla dalen vid universitetets botaniska trädgård såg ut att tyngas ned av all snö. Speciellt de små stugornas tak såg ut att bära på ett snölager som var lika tjockt som själva stugan var hög. Barnen jublade dock i pulkbacken, som redan var upptrampad till olika spår för kälkar och pulkor av olika kaliber.

Vi var på väg till Kottby, där Brita Lagerstrand bodde. Vi skulle spionera på henne och hennes hem under vår gemensamma kvällspromenad. En telefonnummertjänst hade avslöjat hennes hemadress och det var där vi skulle börja våra undersökningar. Föregående natt hade jag sovit i åtta timmar, vilket var lika skönt som maraton-sovandet natten innan. Anna hade gått hem på kvällen för att förbereda sig inför sin arbetsdag. Hela måndagen hade jag väntat på att få se henne igen och nu hade hennes arbetsdag äntligen tagit slut. Det var dags för detektivarbete.

Snön speglade det gula skenet från gatubelysningen så att kvällsmörkret fick ett konstgjort sken. Snön såg rentav gul ut, som om en jätte hade kissat på hela staden. Vi gick förbi Nylander-parken och kom till Limingovägen, där husägarna förtvivlat försökte hitta plats att stjälpa av snön från sina gårdar. De svepte sina smala promenadgångar fria från snö och mellan de tätt byggda, rödmålade egnahemshusen hördes hasande ljud från skoporna. Det rymdes bilar bara i en riktning på den smala vägen, men lyckligtvis gick det relativt lätt att gå på trottoaren. Vi beundrade julljusen, som de flesta hade låtit stanna i sina fönster trots att julen var långt bakom oss redan. Ljusen avslöjade intressanta gardiner, krukväxter, prydnader och hemtrevlig känsla i invånarnas bostäder. Allt detta såg vi medan snön knarrade under våra fötter och kängor.

Jag halkade lite på den förrädiska isen under snötäcket, men återfick balansen snabbt. Anna lade sin arm runt min och vi gick vidare mot Kottby i armkrok. Likt ett gammalt par som stöder varandra. Mot den tunga världen med alla dess faror och illasinnade hälsovårdare. Hennes närhet fick mig att känna mig varm. Det var en värmekänsla som jag inte hade känt sedan sommarens varmaste dagar, då den brännheta solen hade värmt upp till och med en ensam själ som min.

”Har du känt Brita länge på din arbetsplats?” frågade jag försiktigt.

"Hon flyttade in i september och hon är den nästfärskaste av alla terapeuter", sade Anna. "Själv har jag jobbat som receptionist på läkarstationen i över ett år redan."

"Har jag förstått läkarstationens verksamhet rätt? Läkarna är sina egna småföretagare och i praktiken hyr de alltså ett rum av andelslagets utrymmen?"

"Precis. Kunden tar kontakt med läkarstationen antingen direkt till sin egen terapeut, eller så ber kunden stationen att hänvisa en psykiater åt honom eller henne. Då är det jag eller Sanni i receptionen, som väljer psykiatern åt kunden enligt ett demokratiskt kösystem. Eller en psykolog, om läkaren har ordinerat en terapeut som inte har rätt att skriva medicin åt patienten."

"Jag skrev alltså mitt e-postmeddelande till andelslaget för att jag hade fått en remiss till en psykiater av min läkare. Psykiaterandelslaget i Vallgård var rätt nära mitt hem, så det var jag som valde just din läkarstation."

"Och när ditt e-postmeddelande kom fram var det jag som valde rätt psykiater åt dig", erkände Anna.

"Det är alltså du som är ansvarig för att illasinnade Brita parades ihop med mig?" frågade jag förbluffat.

"Det är nog så", sade Anna förläget. "Eftersom du är svenskspråkig var jag tvungen att hitta en svenskspråkig psykiater åt dig. Då gällde det alltså att välja mellan Stigu eller Brita, och Stigu är fullt sysselsatt för tillfället."

Vi svängde av från Limingovägen och kom till ett litet skogsområde, som inte hade plogats fri från snö. Trädgrenarna hade dock skyddat marken från den största snömängden, och det var förvånansvärt lätt att gå i skogen. Någon hade trampat upp en smal stig under trädgrenarna, som hotfullt bar på sina tunga bördor över våra huvuden. Eftersom skogsstigen var så smal, kunde vi inte gå bredvid varandra längre, så Anna drog sin arm från min. Jag kände mig omedelbart övergiven. Utsatt i en värld full av faror. Men jag ville plumsa före Anna och hon balanserade på den smala stigen rakt bakom mig.

Det var omöjligt att förstå att vi var mitt inne i staden. Ända tills skogen tog slut med en gång, och vi befann oss vid Gumtäkts koloniträdgård. Ingen hade velat gå in på det snöfyllda området med stugorna, så vi fortsatte plumsa vår väg mot Kottby.

"Du valde Brita åt mig, och jag kom till utsatt tid och hon började med sina fanstyg."

"Hon kan omöjligt ha manipulerat dig att ta kontakt med just den läkarstation, där hon har sitt arbetsrum, och hon påverkade inte mig att välja henne som din psykiater", summerade Anna.

"Hon började alltså smida sin ondskefulla plan först efter att jag hade besökt henne första gången. Frågan är alltså om hon attackerade mig för att jag är jag, Jonas Österfelt, eller för att hon behövde någon, vemsomhelst, för sina ändamål. Känner hon mig eller känner jag henne utan att jag vet om det?"

"Råkade du bara vara fel person på fel plats, eller rätt person på rätt plats? Det är frågan."

"Det får vi reda ut", sade jag förhoppningsfullt. "Faktum är dock att Brita har varit medlem i andelslaget i bara några månader ännu. Vet du något om hennes förflutna?"

"Absolut ingenting. Hon berättar ingenting om sitt privatliv. Eller som jag sade tidigare, hon pratar inte överhuvudtaget om någonting med någon av oss. Bara det väsentliga om dagens patientreservationer."

"Kan vi lita på att hon överhuvudtaget är en psykiater?" frågade jag plötsligt. "Att hon inte är en falsk terapeut på samma sätt som den där läkaren som för en tid sedan avslöjades vara en obehörig yrkesidkare?"

"Hon är nog behörig", erkände Anna. "Andelslaget har nog kollat en sådan sak. Och i sitt rum har hon ett inramat psykiaterdiplom från Helsingfors universitet."

"Vi kan få mera uppgifter om henne i universitet", sade jag tankfullt. "Jag sökte på hennes namn i flera olika sökmotorer idag, men hittade praktiskt taget ingenting. Hon är inte med i det sociala forumet och hon har inte publicerat någon vetenskaplig artikel. Det verkar som om hon har dykt upp från tomma intet."

"Det var konstigt", sade Anna. "Det borde väl finnas någon gradu-avhandling av henne någonstans. Eller en studentmatrikel. Eller något."

"Det kan finnas en naturlig förklaring till det", sade jag medan vi gick över den breda Forsbyvägen.

"Hon har bytt namn", sade Anna med ett entusiastiskt aha-skimmer i rösten.

"Kanske hon har nyligen gift sig", föreslog jag. "Eller blivit frånskild. Kanske hon har fungerat största delen av sitt liv under ett annat namn."

"Hon har inte berättat om något mansförhållande", sade Anna tankfullt. "I hennes rum finns inget fotografi av någon. Men har du lagt märke till den där dödsannonsen som hon har som ett tidningsurklipp under glasskivan på hennes arbetsbord?"

"Visst", sade jag, men insåg att jag inte hade tittat närmare på urklippet en enda gång. Jag visste inte ens om den döda hade varit en man eller en kvinna, en gammal eller en yngre människa.

"Jag skall ta mig en närmare titt på den en dag när hon inte är på sitt rum", sade Anna bestämt.

"Men var försiktig", påpekade jag. "Hon kan vara farlig."

"Förresten...", mumlade Anna. "Det där psykiaterdiplomet på hennes vägg..."

"Vad är det med det?" frågade jag samtidigt som jag försökte minnas om jag överhuvudtaget hade lagt märke till det.

"Det är ju ett flersidigt diplom, så det som syns bakom det inramade glaset är bara framsidan."

"Alldeles", utbrast jag entusiastiskt. "Det betyder att diplomet inte avslöjar hennes namn när man tittar på tavlan. Namnet finns på papperets insida."

"Eftersom hon inte visar det öppet, har hon kanske fått sin examen under ett annat namn än Brita Lagerstrand. Hon har något att dölja!"

"Det kan faktiskt vara så", sade jag fundersamt.

"Vad annat kan jag göra?" undrade Anna.

"Jag har funderat lite på det där att Brita försökte få mig att tro att jag är John From och att Jonas Österfelt är ett alter ego, som måste bort."

"Ja?" sade Anna och gick runt ett snöberg, som skottats rakt framför en skyddsväg.

"Hon brukade faktiskt banda in alla våra diskussioner. Hon brukar visst göra så med alla sina patienter. Om jag kunde få tag på dessa inspelningar, skulle vi ha ett bevis på att hon försökte få mig att tro på en fantasifigur."

"Jag kan försöka snoka reda på dem", sade Anna tveksamt. "Antagligen finns också de i hennes arbetsrum. Men skulle hon faktiskt vara så dum att hon sparade några så avslöjande bevis?"

"Lika konstigt vore det om just de inspelningarna fattades", påpekade jag.

"Sant", erkände Anna.

"Jag upprepar dock ännu en gång: var försiktig. Och för Guds skull, du får inte göra något olagligt. Bryt inte in dig i Britas arbetsrum. Det är inte roligt att vara utsatt för polisförhör, vet du."

"Jag vet", sade Anna och jag tittade förbryllat på henne. Igen fick jag den där konstiga känslan att det kunde finnas mycket mera i detta fall än vad jag lade märke till. Och ännu en gång insåg jag att jag inte visste särskilt mycket om Anna.

"Har du haft något att göra med polisen?" frågade jag försiktigt.

"Nej. Eller ja, men inte på åratal. Det är så länge sedan. Jag var bara ett barn. Jag anklagade en man för att ha dödat mamma och det blev naturligtvis polisförhör."

Jag stannade upp mitt på Sampsavägen. Det var tydligt att hon märkte det dramatiska i det hon sagt och hon ville bespara mig besväret att fråga.

"Jag är ledsen, Jonas. Jag vet att jag inte har berättat särskilt mycket om mig ännu. Därför var det inte rätt att släppa en sådan bomb från mitt förflutna innan vi ens har lärt känna varandra."

"Det är okay", sade jag försiktigt utan att riktigt veta hur jag skulle ställa mig till det hon berättade.

Flickan framför mig suckade. Det var uppenbart att jag inte skulle lära känna hennes favoritfärg, hennes barndoms keldjur, hennes föräldrars namn, hennes skola, hennes fantasier, vilka länder hon har besökt, hennes favoriträtter eller hennes framtidsdrömmar ännu. Men kanske hon en dag skulle berätta om sitt liv hittills för mig. Kanske jag en dag skulle berätta om min barndom i Fiskars för henne. Kanske även jag skulle få en möjlighet att blotta mina svagaste och starkaste sidor för henne.

"Jag skall göra historien kort, så får vi ta detaljerna en annan gång. När jag var liten, föll mamma i trappan. När hjälpen äntligen kom, var det för sent. Sjukskötaren kunde inte rädda mamma. Jag vägrade tro att hon hade varit bortom all hjälp så jag anklagade sjukskötaren för att ha dödat mamma. Polisen förhörde både mig och sjukskötaren, och rätt snart fick jag ta min anklagelse tillbaka. Naturligtvis hade jag varit blind för verkligheten och naturligtvis hade mamma inte kunnat bli räddad. Sjukskötaren blev lyckligtvis frikänd."

"Du har växt upp utan en mamma?" frågade jag.

"Och utan en pappa. Mamma var ensamförsörjerska."

"Vem skötte dig när du var liten då?"

"Mormor. Vi bodde i Ingå."

"Några syskon?"

"Nej. Jag var ensam med mormor. Hon lever ännu i Ingå."

"Det låter som en fantastisk kvinna."

"Hon är det."

"Jag kommer också från Västnyland. Från Fiskars. Min mamma bor i Ekenäs och min syster i Salo. Pappa dog i somras."

"Det var konstigt", sade Anna.

"Vi har båda en västnyländsk koppling", mumlade jag fundersamt.

"Vänta", sade Anna plötsligt. "Vi är framme."

Vi hade kommit till Pohjolagatan i Kottby. Bortom de stora trähusen med många familjelägenheter skymtade vi fem identiska flervåningshus. Det var i ett av dem som Brita Lagerstrand enligt nummertjänsten bodde. Hela området kändes gammalt på ett modernt sätt. Det var välskött, men alla hus var flera årtionden gamla. Jag hade läst någonstans att nästan hela det nuvarande Kottby hade praktiskt taget byggts inför olympiaden 1952. Området avspeglade en värdighet som det nuvarande Finland inte tycktes vilja bära längre. Under olympiaden hade ingen finländare varit sysslolös. Till skillnad från nu. Det var säkert.

Vi hittade Britas hus och jag sneglade på den tavla, som fungerade som en lista med invånarnas namn. Britas namn var någonstans halvvägs upp och redan det avslöjade en del om henne. Först och främst märkte vi att namnet Lagerstrand stod ensamt. Det betydde att Brita levde ensam om hon inte bodde med någon med samma namn. En äkta make, ett barn eller med sina föräldrar.

"Hon bor i en etta", sade Anna. "Det bor knappast någon med henne."

"Hur vet du att det är en etta?" frågade jag.

"Min studiekompis bodde i ett av de andra våningshusen på ungefär samma våning. Hon sade att alla bostäder i den linjen var ettor. Och hon sade också att alla fem våningshus är byggda enligt samma ritningar."

Vi stod ute på gatan igen. Vår kvällspromenad hade varit så informationsrik som den kunde vara. Mera kunde vi inte luska ut om Brita Lagerstrand via hennes bostad utan att knacka på hennes dörr. Och det ville vi inte ännu. Nya snöflingor började dansa över våra huvuden. Som om det inte fanns tillräckligt med snö ännu.

"Det var ett konstigt sammanträffande", sade jag.

"Vad då?"

"Det att vi båda är från Västnyland."

"Visst är det lite konstigt, men inte helt uteslutet. Det finns många västnylänningar som stöter på varandra i Helsingfors."

"Har du märkt att Brita också har en västnyländsk accent?"

Anna tittade storögt på mig och borstade bort en snöflinga som kittlade hennes näsrygg.

"Som jag sade tidigare har Brita inte diskuterat särskilt mycket med mig. Så jag har inte lagt märke till hennes användning av det svenska språket. Men nu när du säger det, så visst har hennes tal ibland något som påminner om västnyländska. Du vet, det att man fyller på meningar med ord såsom "det häran" och "det däran". Men jag kan nog inte placera det till någon speciell trakt i Västnyland."

"Inte jag heller. Men anser du inte att det är en ännu konstigare slump att tre västnylänningar hittar varandra i samma härva?"

"Jag vet inte vad jag skall tro", sade min unga väninna.

"Jag tror att jag måste göra en resa till Västnyland", svarade jag luriskt. "Igen."

KAPITEL 8

Och så var jag då på väg till Västnyland igen. Det var bara en månad sedan jag hade tillbringat julen med mamma i Ekenäs, men det kändes ändå som minst ett år sedan jag hade varit i mina hemtrakter senast. Massvis hade skett i mitt inre under en månad, men för en utomstående såg min arbetslösa vardag säkert likadan ut när jag än betraktades.

Intercity-tåget lämnade Kyrkslätts insnöade station och nästa hållplats skulle bli Karis. Jag satte mig tillrätta i sätet och tittade på det overkliga landskapet utanför. Det konstiga var att den insnöade landsbygden inte var sällsynt utan det var precis så som jag mindes vintern från min barndoms Fiskars. Vintrarna var fulla av snö, vi skidade på åkrarna och i skogarna samt byggde snöslott vid Fiskars å. Nuförtiden åkte man till skidcentrum i norr eller utomlands för att få uppleva rikligt med snö.

Ingen skidade över åkrarna utanför Sjundeå även om de såg ut att vara täckta med kritvitt bomull. Inga fåglar flaxade upp bakom det snömoln, som det framrusande tåget piskade upp. Ingen stod under den tallgren som dunsade uppåt, när dess tunga snölass föll mot marken. Men någon väntade på mig i Karis.

Föregående dag hade jag ringt några telefonsamtal till Västnyland och planerat in några besök i jakten på ledtrådar till Brita Lagerstrands beteende. Mammas gästrum skulle också få bjuda på övernattning åt mig, så det skulle inte bli särskilt svårt att använda Ekenäs som knutpunkt för mina undersökningar igen. Den här gången skulle jag dock inte ha pappas gamla bil till förfogande. Under hösten hade jag bytt till vinterdäck, men trots det hade jag kommit till slutsatsen att jag inte ville köra när föret blev sämre. Så jag hade parkerat bilen i ett parkeringshus i Helsingfors, avlägsnat dess batteri, tagit fordonet ur försäkringen och väntade nu på våren och en ny körsäsong.

Svaren på mina frågor fanns i Raseborg. Eller någon annanstans i Västnyland. Jag hade blivit övertygad om det efter Annas och min promenad till Kottby två dagar tidigare. Det var Västnyland som kombinerade oss alla tre: Anna, Brita och jag, och det måste betyda något. Lyckligtvis hade jag kontakter i Västnyland och med hjälp av dem skulle jag hitta sanningen. Jag måste tro att de ville hjälpa mig. För redan nu hade jag fått ovärderlig hjälp från ett överraskande håll, nämligen av Anna.

Varför var Anna Tschäder så ivrig med att hjälpa mig? Hennes iver var för bra för att vara sann. En månad tidigare hade jag inte känt henne överhuvudtaget och nu litade jag på att hon ville mig väl i mitt livs största och konstigaste kris. Hon höll på att ta risker på sitt jobb för min skull. Hon höll på att snoka fram ledtrådar i sin arbetsgivares rum, något som säkert skulle skapa stora frågor om hon blev ertappad. Varför?

Annas ansikte virvlade i snömolnet utanför tågfönstret. Det kändes skrämmande att misstro henne. Hon var det bästa som hade drabbat mig på länge. Om jag vägrade att lita på henne, skulle jag med stor sannolikhet förlora henne. Jag hade alltså inget annat val än att lita på henne. Även om hon hade makt att dra mig allt djupare i ett djup, varifrån man inte kunde flyta upp längre. Kanske det var avsikten i en större, allt mera ondsint plan? Kanske jag höll på att låta det hända? Var det i så fall värt det?

Om jag reste till Västnyland för att undersöka slumpen att Anna, Brita och jag kom från samma region, varför valde jag då att blunda för en annan slump? Det faktum att Anna och Brita jobbade på samma arbetsplats? Kanske för att det hjälpte Anna att snoka i Britas affärer? Anna höll på att göra något som vore mycket svårare för mig att snoka i. Kanske det var därför som jag tillät Anna att utföra en privatdetektivs uppgifter på läkarstationen. Min uppgift var att koncentrera mig på det jag kunde göra i Raseborg. Även om jag kände mig manipulerad till den uppgiften.

En behaglig bakgrundsröst berättade att vi närmade oss Karis. Småföretagen i Sannäs bekräftade den saken och jag klädde ytterrocken på mig. Otroligt nog verkade det finnas ännu mera snö i inlandet än vid kusten omkring Helsingfors. Ändå hade tåget hållit tidtabellen och jag var nöjd. Jag skulle inte bli försenad från mitt första möte.

Jag klättrade uppför de många trappstegen till bron över Karis järnvägsstation även om det hade kommit hissar sedan jag senast gått på bron för årtionden sedan. Väl uppe på bron upptäckte jag att den hade blivit enkelriktad, för det fanns inte utrymme för två bilar bredvid varandra längre. Jag antog att cyklister och fotgängare välkomnade utvecklingen, men det betydde säkert också att stadens centrum var mindre livligt än tidigare. Den stora julgranen var på sin plats vid centrumsidan av bron och den svajade tungt i den snörika omgivningen.

Utsikten över Köpmansgatan var precis som jag gissat att den skulle vara. Vartannat butiksutrymme såg ut att vara tomt och bara två bilar körde vilset längs den gata som åtminstone tidigare hade varit Karis kommersiella hjärta. Samma elektriska ljusstjärnor som jag mindes från min barndoms julväntan svajade över Köpmansgatan, men många av lamporna hade slocknat för att aldrig mera bli reparerade. Den affär som redan för 30 år sedan hade sett hopplöst gammalmodig ut, en affär med nystan, symönster och garn, var otroligt nog kvar i samma lokal. Jag visste inte om skyltfönstrets största väggprydnadsmönster med en herdeflicka och ett lamm hade inte förändrats på 30 år.

Plötsligt ringde min mobiltelefon och tankspritt såg jag att det var Anna som ringde.

"Jag är just på väg till mitt första besök", sade jag. "I Karis. Här finns till och med mera snö än i Helsingfors."

"Jag har en kort kaffepaus", sade Anna och jag tittade på min klocka, som visade 11 på förmiddagen. "Jag lämnade in en blankett på Britas skrivbord, när hon själv var ute, och tittade närmare på den där dödsannonsen under bordets glasskiva."

"Ja", sade jag förväntansfullt.

"Det är en Per Lagerstrand, som dog som 26-åring för snart 20 år sedan", sade Anna och pausade för att låta informationen sjunka in. Namnet sade mig ingenting. Hur påverkade detta vår teori om att Brita hade ändrat sitt namn från något annat till Lagerstrand för bara en kort tid sedan?

"Är annonsen på svenska?" frågade jag. "Kan man dra en slutsats om från vilken tidning den är?"

"Den är på svenska och jag vet faktiskt inte från vilken tidning den är, men jag antar att det är Åbo Underrättelser."

"Hur så?"

"Annonsen säger inte var Per Lagerstrand var född eller var han dog, men att en minnesstund kommer att hållas i ett församlingshem, som jag har spårat till Åbo."

"Någon information om de närmaste sörjandena eller varför han dog så tidigt?"

"Nej, ingenting. Bara att mamma och pappa och en syster sörjer hans bortgång."

"Britas ålder kunde passa in på en rätt jämnårig syster", konstaterade jag.

"Det tänkte jag också", sade Anna. "Och det inramade psykiaterdiplomet är faktiskt konstruerat så att det skulle behövas tid och verktyg för att öppna. Utan det kan man inte läsa vilket namn som är skrivet inuti diplomet."

"Vi får nöja oss med det för tillfället", sade jag skarpt. "Du får inte ta flera risker."

"Okay", sade Anna med en lätt sårad röst.

"Du har gjort ett fint arbete, gullet", sade jag och blev lite skrämd över mitt spontana ordval. "Per Lagerstrand kan kanske bli till nytta när jag diskuterar med min polisvän senare."

"Tack själv", sade Anna. "Det var riktigt spännande att snoka lite. Gullet."

Orden värmde mig fastän hon avslutade samtalet abrupt. Hon började kännas som en pålitlig vän. Någon som gjorde saker och ting för en utan att man begärde det. Det kändes så overkligt. Något som hade skett senast för årtionden sedan, när jag ännu bar på en stor dos av idealism inom mig. Ordens värme var dock inte tillräcklig i den kalla januarifrosten. Det var dags att gå inomhus, för jag hade kommit fram till mitt mål.

Numret vid våningshusets ytterdörr stämde med den adress som jag hade fått kvällen innan. Jag stod utanför ett av de gamla våningshusen vid Köpmansgatan, vars gatuplan inrymde affärsutrymmen. Som liten hade jag aldrig förstått att våningarna ovanpå affärerna kunde vara människors bostäder. I själva verket hade jag varit så liten att jag inte ens hade förmått mig att titta uppåt från de stora skyltfönstren. Men de, som jag hade kommit för att träffa, bodde på översta våningen mitt i Karis centrum. Jag kämpade mot frestelsen att ta hissen och gick uppför trapporna till tredje våningen.

Andfådd tittade jag på dörren, som räddade mig från ytterligare ansträngningar. Namnet "Åkerstrand" vittnade om att jag hade kommit rätt. Dörrklockan lockade ett hasande ljud mot dörren och den öppnades av två skruttiga ansikten, som jag hade väntat på att få se under flera timmar redan.

"Välkommen, Jonas Österfelt", sade Selma Åkerstrand, den äldre av de två tanterna med identiska gråa frisyrer.

"Vad roligt att se dig igen", sade Klara Åkerstrand. "Det är bara ett halvt år sedan vi sågs senast, men så mycket har skett sedan dess."

"Alldeles", sade jag och trädde ytterrocken på en hängare i deras tambur. "Ni har flyttat från Pojo till Karis."

"Vi var tvungna till det", sade Klara och viftade med handen mot en soffa, som jag förstod att jag förväntades sätta mig i. "Selmas höft blev dålig så snabbt att vi inte kunde bo i det där våningshuset i Pojo kyrkby längre. Vi letade snabbt upp ett hus med hiss, och flyttade hit till Karis."

"Det var i sista stund", tillade Selma. "Det vore omöjligt att bo i Pojo centrum just nu. De plogar Pojo sist av alla ställen och gamlingarna blir praktiskt taget insnöade i sina lägenheter. Här är vi lite närmare alla åldringstjänster och sjukvårdsmöjligheter även om de flyr undan oss till allt större urbana centra."

"Men ung-herrn Jonas, berätta nu!" sade Klara nyfiket. "Har du kommit för att reda ut några slutändar från sommarens fall, eller är det något nytt på gång?"

"Han kommer ju inte hit bara för att besöka oss gamla tanter", sade Selma och bullrade med något i köket. "Fastän vi kokar gott kaffe åt honom".

"Jag tror att det är ett nytt fall", sade jag kryptiskt, "... även om jag inte är riktigt säker. Jag skulle helst inte berätta vad det gäller utan istället bara koncentrera mig på specifika frågor, som kanske inte direkt säger er någonting. Om det bara passar er?"

"Bara om du lovar att berätta efteråt vad det var fråga om", sade Klara med en bestämd blick.

"Om vi ännu är vid liv då", tillade Selma från köket, varifrån jag hörde prassel från någon förpackning. "Men jag litar nog på dig. Du ringde upp oss efter fallet Strömstam och berättade hur det hade framskridit. Det uppskattar vi."

"Naturligtvis ville jag berätta några viktiga detaljer innan Sofia Strömstams rättegång blev offentlig", sade jag.

"Stackars Atte Strömstam", suckade Klara, som hade skött om Atte innan hade dött. Det var via det fallet som jag hade lärt känna systrarna Åkerstrand. Jag var övertygad om att de kunde hjälpa mig också i undersökningarna kring Brita Lagerstrand.

"Sofia hindrades från att lägga vantarna på arvet och nu får hon istället ruttna i fängelset i åratal framöver", sade Selma hätskt. "Vad tusan är det här? Har pajen ruttnat i frysen?"

"Nej, det är bara lite vit frost", sade Klara efter att hon hade gått till köket. "Det blir en paj med malet kött, champinjoner, bacon, russin och leverpastej, om det smakar åt Jonas? Eller kanske man borde kalla det för paté?"

"Det låter gott", sade jag och tittade på klockan. Det började kännas som om det skulle ta längre tid än väntat hos de gamla damerna.

"Vi skall smälta den i mikrovågsugnen", sade Selma. "Vi fick den i inflyttningspresent av våra väninnor. Ugnen alltså, inte pajen."

"Säger namnet Brita Lagerstrand något åt er?" frågade jag rakt på sak.

"Lagerstrand?" frågade Klara häpet och tittade mot mig från kökets dörröppning. "Det låter inte alls bekant. Det finns väl inga Lagerstrand i Raseborg, eller hur Selma?"

"Nej, det låter inte alls bekant. Borde det?"

"Jag trodde att en Brita Lagerstrand som jag känner hade en västnyländsk dialekt", sade jag. "Men kanske jag hade fel. Inte heller Per Lagerstrand?"

"Nej", sade systrarna med en röst.

Klara Åkerstrand hade arbetat som privat sjuksköterska åt olika uppdragsgivare i Västnyland under hela sitt vuxna liv. Selma i sin tur hade jobbat på Pojo hälsovårdsstation som tandsköterska och hade lärt känna praktiskt taget alla Pojo-bor. Innan hon hade blivit pensionerad, hade hon ännu hunnit fungera som tandskötare i Karis. Tillsammans kände de till de flesta av traktens invånare. De var en outnyttjad resurs, då man behövde lära sig något om speciella lokala personer. Och de hade ingen tystnadsplikt längre, även om de inte aktivt spridde något skvaller.

"Ni minns heller inte något rykte om någon psykiater som ändrade namn?" frågade jag försiktigt.

"Nej", sade Klara och tittade på mig som om jag var en idiot.

Jag var inte beredd att ge upp ännu. I min väska brände en utskrift av Brita Lagerstrands fotografi, som jag hade hittat på Internet. På de sidor, som presenterade psykiaterandelslagets experter. Klara och Selma plockade med sina glasögon och tittade på fotografiet i tur och ordning. Selma skakade på huvudet men Klara såg fundersam ut.

"Det är något bekant med henne", sade Klara.

"Kanske du har träffat på henne i samband med någon patient som du har vårdat?" försökte jag.

"Nej, det är något annat", sade Klara fundersamt. "Och det har nog med Västnyland att göra. Kanske det finns Lagerstrandare här trots allt?"

"Försök minnas!" bad jag.

"Jag är tillräckligt gammal för att veta att det är omöjligt", suckade Klara. "När man försöker gräva i sitt minne, slinker minnesfragmentet allt längre undan. Det kommer fram när man minst anar det, under det mest oförutsedda tillfället. Jag kontaktar dig nog när jag minns det."

"Okay", sade jag besviket.

Selma hämtade ett fat med en enorm bit av pajen. En kopp kaffe placerades framför mig. Systrarna tittade förväntansfullt på mig.

"Vi äter senare", sade Selma. "Jag är inte van vid att äta tillsammans med våra gäster."

Jag var lite förvånad, men jag hade hört om sådana vanor. I norra Karelen hade jag stött på den speciella gästfriheten. Betydde det att systrarna Åkerstrand härstammade från en annan del av Finland än västra Nyland? Lite tveksamt lade jag gaffeln i pajen, men den smakade utsökt. Den goda smaken inspirerade mig till följande fråga.

"Tschäder. Vad säger ni om det släktnamnet?"

"Det låter mera bekant", sade Selma belåtet. "Även om det inte finns särskilt många av dem. Och du menar säkert dem, som skriver sitt namn på det där ryska eller tyska viset. Och inte som den svenska fågeln tjäder."

"Precis", sade jag. "Någon sade att det finns av dem i Ingå."

"Där finns den där gumman som är till och med äldre än vad vi är", skrockade Selma.

"En dag blir jag kanske hennes vårdare, om jag fortsätter med mitt yrke", sade Klara fundersamt.

"Men det fanns flera av dem", fortsatte Selma. "För 20 år sedan ungefär."

"Sant. Tills den där kvinnan föll i trapporna och dog. Och det var det där ståhejet."

"Ja, det ryktades att hon hade blivit fel skött. Men det visade sig vara fel. Det var en olycka. Och den där stackars skötaren blev lyckligtvis frikänd."

"Ja, det är inte lätt att vara sjukskötare", sade Klara. "Man får ta emot alla tänkbara anklagelser, när patientens närstående inte är nöjda med ens insatser. Det är ett otacksamt yrke. Om inte ens Gud lyckas med att göra en människa odödlig, varför förväntas det av sjukskötarna? Att sjukskötaren betraktas som skyldig, om man inte lyckas med att hålla döden på avstånd?"

Mina tankar gick till Brita Lagerstrand. Var jag oskälig gentemot henne? Anklagade jag henne i onödan? Anklagade jag någon för att pappa hade fått hjärnblödning sommaren innan och dött? Var hela mitt uppdrag ett sätt för mig att vilseleda mig från det väsentliga? Det kunde väl inte vara skötarens fel att patienten var sjuk?

En rapning började samla sig i magsäckens botten. Den smakade russin, lever och bacon. Det kändes som om jag behövde vila mina tankar ute i den svala luften. Bland ren, våt snö. Det kändes som om jag måste gå till rötterna för att hitta svaret på mina frågor.

"Det fanns visst en liten flicka som bodde med gamla Tschäder", sade Selma. "Jag undrar vad det blev av henne."

"Hon är säkert gift", sade Klara. "Det betyder att ännu en person med namnet Tschäder har ändrat namn."

"Var inte så säker", sade jag. "Det är många kvinnor som behåller sina släktnamn nuförtiden."

"Verkligen?" frågade Selma med en glimt i ögat. "Det låter som speciella flickor."

Tystnaden som följde var pinsam. Det kändes som om tanterna hade genomskådat mig. De visste att jag hade speciella känslor för den flicka, vars namn jag inte vågade nämna. Jag hoppades dock att de inte skulle missförstå det så att de trodde att jag var romantiskt intresserad av Brita Lagerstrand.

"Det är någon annan", mumlade Klara och både Selma och jag tittade på henne som om hon var lite gaggig.

"Någon annan vaddå?" frågade Klaras äldre syster.

"Det är alltid någon annan än sjukskötaren som bestämmer att någon måste bort."

Min blick vilade på systrarnas glasvitrin, som innehöll många små statyetter. Min blick vilade på en porslinsstatyett, som föreställde Jesus. Det var dags att resa vidare till nästa ledtråd. Jag skulle ta nästa rälsbuss till Ekenäs.

KAPITEL 9

Kungsgatan var inte särskilt livlig mitt under vardagen. En pensionär gick in till ett bageri och en annan kom från en bokhandel, och de gick försiktigt för att inte halka på gatan, som lutade nedåt mot torget. När jag var liten, hade mina föräldrar ibland kört mig och min syster Gitta till Ekenäs för att besöka gågatan och shoppa längs den. Speciellt skyltfönstrens juldekorationer hade varit spännande. Jag mindes att Kungsgatan hade känts lång och dess affärer stora. Nu såg allt pyttesmått ut och det berodde naturligtvis på att jag var själv mycket större nu. Och dessutom hade jag blivit van vid de allt högre husen och de bredare gatorna i Helsingfors.

Jag hade gått från järnvägsstationen till Ekenäs centrum och hade ännu en bit kvar att gå. Vid stadshuset syntes kyrkans höga torn, men jag var inte på väg till Gamla stan. Jag korsade det tomma torget och det kändes som om de få andra flanörerna tittade på mig. Tankspritt nickade jag åt de motkommande, för de tittade på mig som om jag borde känna igen dem. Eller berodde det på förväntningarna att alla skall titta på varandra i mindre städer? I Helsingfors var jag van vid att titta på marken framför mig och då lade jag inte märke till ens bekanta som passerade mig. Där var det godtagbart att undvika andras blickar. Mina steg förde mig närmare mammas hus på Östra strandgatan och där skulle jag inte stöta på någon. Jag skämdes över mina egna tankar och igen en gång lät jag min standardförklaring lugna mig. Det var min arbetslöshet som gjorde mig asocial.

Tänk om jag vore så asocial att jag inte ens existerade! Att jag vore enbart en anonym kommentator på olika diskussionsforum på Internet. Då skulle det inte göra någon skillnad om det var Jonas Österfelt som kommenterade, eller en anonym "Arg medborgare". Eller om jag vore en bloggare, som ingen läsare någonsin träffade på riktigt. Det skulle bara finnas ett virtuellt jag utan riktiga upplevelser. Alla skriverier skulle bara vara tankar och åsikter om något som jag trodde att var en allmän uppfattning. Det skulle passa mig bra att bara vara ett virtuellt jag. Det var något som jag kanske skulle lägga bakom örat, när jag under någon kommande, obligatorisk arbetssökningskurs förväntades presentera mina styrkor och brister. Igen en gång.

Plötsligt gick Alvar Nordsund förbi mig och jag stelnade till. Han sneglade åt mitt håll och även han stelnade till när han kände igen mig. Jag hade ingen möjlighet att dölja mig i det virtuella längre.

"Jonas Österfelt", utbrast han överraskat. "Det var länge sen. Eller kanske inte så länge sedan. Ett år sedan. Det var ju i våras som den där knarkhärvan nystades upp."

"Fallet är visst inte helt löst ännu", sade jag tveksamt. "Men huvudsaken är att Axel blev frikänd."

Jag var lite osäker på hur Alvar ställde sig till mig. Det var delvis mitt fel att hans son, Axel Nordsund, hade blivit oskyldigt misstänkt för knarkhandeln i Västnyland för ett år sedan. Lyckligtvis hade misstaget blivit rättat, men jag hade aldrig gett mig in på att förklara min andel i det skedda åt Alvar.

"Absolut", sade Alvar avväpnande. "Axel har det bra och han är numera förlovad med Linnea Flytmarsch."

"Jag hörde det", sade jag och suckade av lättnad. Det var enklare att koncentrera sig på de glada sakerna än på det obehagliga från förra våren.

"Men på Lillböle är det nog lite kaotiskt", sade Alvar med en bekymrad röst. "Hubertus dog i Rio och hans mamma verkar inte bry sig om Lillböles framtid."

"Det kan inte vara lätt att vara Lillböles disponent i en sådan situation", sade jag empatiskt. "Men Maria von Dunderholm är faktiskt själv döende i Rio, och hon har lämnat Finland bakom sig för alltid."

"Sant", medgav Alvar. "Det är förstås min egen framtid som oroar. Något kommer att ske med Lillböle snart och det påverkar oundvikligen mig. Lyckligtvis är jag snart pensionär, utan några bekymmer om någon arbetsplats."

"Själv har jag långt kvar till pensionsåldern", suckade jag. "Och bedrövligt lite uppdrag."

"Du berättade tidigare om din arbetslöshet", sade Alvar. "Huvudsaken är att du är själv medveten om att du har gjort allt du kan för att få ett arbete. Om det ändå inte lyckas, är det inte ditt fel."

"Tack för de orden", sade jag med blicken fäst vid Ekenäs kyrkas torn. Några kajor seglade målmedvetet runt tornet, som om de hade ett förutbestämt, avlönat arbete att utföra.

"Men ta nu inte vilket arbete som helst", fortsatte Alvar. "Telefonförsäljare till exempel. Kan du tänka dig? Någon av dem ringde upp och frågade vad jag brukade göra om kvällarna. När jag avslutar arbetet och om mina fritidssysselsättningar leder mig utanför hemmet. Och avsikten med det var att kartlägga om jag är beredd att köpa ett tidningsabonnemang. Tänk vilka blodiglar!"

"Lyckligtvis har min handläggare på arbetskraftsbyrån inte tvingat mig till det", sade jag kort. "Hur är det med Axel då? Har han tillräckligt med arbete på sin bilverkstad?"

"Massvis med arbete", sade Alvar belåtet. "Raseborgs befolkning blir allt äldre och regionen allt fattigare, vilket betyder att man köper allt färre nya bilar. Istället reparerar de sina gamla bilar och Axel har allt mera uppdrag att sköta."

"Skönt att vissa ungdomar stannar på landsbygden och hittar sin väg till framgång", sade jag uppriktigt och utan avundsjuka.

"Axel flyttade bort från Lillböle till en egen bostad i Pojo centrum. Om man nu kan kalla det för centrum längre."

"Du får vänja dig vid att bo ensam i disponentvillan vid den stora herrgården", mumlade jag och inför mig blixtrade miljoner minnen från min barndom.

Hubertus och jag och Peter Ginst hade som vårt oslagbara kamrattriumvirat utforskat de olika rummen på herrgården. Vi hade lekt kurragömma och vi hade letat efter hemliga rum och klätt ut oss till spöken. Vi hade retat gallfeber på Hubertus mamma Maria och vi hade underhållit Hubertus sjukliga pappa. Jag hade alltid ställt mig lite tudelat till Lillböle, eftersom vår trio trots allt trivdes bättre i närliggande Fiskars bruk, borta från Hubertus föräldrar. Och den känslan hade förstärkts i mig efter de förskräckliga händelserna föregående vår.

"Linnea bor i Axels lilla lya under veckosluten, då hon inte studerar i Åbo", fortsatte Alvar.

"Det låter som om du kanske blir farfar snabbare än du tror", sade jag med ett leende.

"Okay", sade Alvar belåtet. "Men innan dess måste jag köpa in lite vit målfärg till Lillböles pelare."

Lillböles disponent tog några steg mot en inredningsaffär vid torget och jag förstod att vår pratstund var över. Alvar Nordsund önskade en framgångsrik vår och gick vidare. Tankfullt gick jag åt andra hållet.

Det korta stråket mellan gatan och mammas ytterdörr hade skottats fri från snö och jag undrade om hon hade orkat med jobbet själv. Eller kanske hade någon av grannarna hjälpt henne? Snön hade skuffats till bakgården, där stora snöhögar tornade upp. En blid dag hade fått en del av snön att hänga över takkanten och det såg ut som om enorma persienner skymde fönstrens utsikt.

Ytterdörren var låst, men jag visste var mamma brukade gömma nyckeln. Jag gick in för att vänta på henne, vart hon än hade gått. Gästrummet var säkert lagt i ordning för mig redan. Efter att jag lagt mina vinterkängor i skostället och ytterrocken på klädhängaren fick jag mitt livs chock.

Min sedan länge döda katt satt lugnt i tamburen och betraktade mig. Katten Smirre hade varit min goda vän under hela min uppväxt, men den dog samma dag som jag flyttade till Åbo för att studera. Så hade mina föräldrar förklarat det när jag kommit hem till dem efter min första vecka i min studiebostad utan att Smirre mötte mig vid dörren. I flera års tid hade jag inbillat mig att katten hade rymt för att plötsligt en dag igen vänta bakom ytterdörren som om ingenting hade hänt. Jag hade haft svårt att förstå att min barndomsvän hade lämnat mig för alltid.

Och nu hade den kommit tillbaka! Efter alla dessa år! Det var faktiskt Smirre. Samma färg och samma mönster på pälsen. Men varför kom Smirre inte fram till mig för att hälsa på sin gamla vän? Och hur kunde det vara möjligt? Smirre borde ju vara nästan lika gammal som jag. Vem hade hört om 40 år gamla katter?

Höll jag faktiskt på att förlora förståndet? Det kändes nästan som om drömmarna med den hemliga agenten John From var mera verkliga än att jag såg döda katter. Det kändes som om mina minnesförluster var småpotatis jämfört med att min barndoms minnen började göra en återkomst. Var utredningarna kring en illasint psykiater lika galet som att man såg syner?

Golvet kändes kallt, men jag satte mig ändå på det. Jag vet inte om det var för att jag kände mig svag eller om jag ville vinna kattens förtroende. Kanske den vågade komma fram för att bekanta sig med mig om jag såg lite mindre ut, där jag satt på golvet?

En nyckel vreds om i ytterdörrens lås och mamma steg in.

"Nämen, varför sitter du på golvet, Jonas?" frågade hon.

"Jag ville hälsa på den här...", stammade jag.

"Ser man på, du har redan träffat Kille. Märker du att den ser precis likadan ut som Smirre? Minns du Smirre?"

"Naturligtvis minns jag vår gamla katt", sade jag förläget. Hur hade jag kunnat tro att mamma hade återuppväckt Smirre från de döda? Eller att vår gamla katt hade levt till över 40 år, vilket hade varit ett världsrekord i katters livslängd?

"Jag fick den av Larssons granne Svante vid nyåret och Kille verkar trivas här."

"Smirre gav mycket tröst och glädje åt den lilla pojke, som jag var. Hoppas att Kille kan ge dig lika mycket nu när du inte har pappa längre."

Mamma nickade utan att säga något. Hennes ansikte såg lite förstenat ut när jag nämnde pappa. Jag tog min väska och gick uppför trapporna till andra våningen, där gästrummet var.

"Jag tänkte värma upp en paj med Karl Johan-svamp från frysen. Får det vara åt dig också?" ropade hon efter mig.

Det fanns inget annat alternativ än att mumla ett "Ja" till svar även om systrarna Åkerstrands bastanta paj fortfarande tyngde min magsäck. De exotiska smakkombinationerna gav sig fortfarande till känna genom luftiga rapningar.

Gästrummets blommiga tapeter mötte mig igen liksom så många gånger tidigare då jag hade övernattat hos mina föräldrar. Jag hade fortfarande inte vant mig vid rummets violetta nyanser. Min uppmärksamhet drogs till mobiltelefonen, som ringde någonstans i väskan.

"Hej Anna", svarade jag och tittade på mitt armbandsur. Anna hade tydligen just lämnat jobbet, för jag hörde biltrafik i bakgrunden. "Jag kom just fram till mammas hus och börjar sätta mig tillrätta."

"Och jag är på väg hem från läkarstationen", svarade Anna. "Jag gjorde ännu ett fynd, som kan vara av betydelse."

"Jasså", sade jag intresserat.

"Terapeuterna arkiverar sina patientmöten i andelslagets slutna nätverk som krypterade ljudfiler."

"Vad betyder det?"

"Vem som helst i andelslagets personal kan vid behov få tillgång till kollegernas patientmöten, som de har bandat in som ljudfiler. Antagligen för att de vid behov skall kunna fungera som vikarier åt varandra. Även jag i receptionen ser filernas läge i vårt nätverk, men jag kan inte öppna de sekretessbelagda filerna utan användarnamn och lösenord. Dem får jag inte för det finns ingen orsak för en receptionist att bekanta sig med patienternas privata angelägenheter."

"Okay, men du har alltså själv sett att Brita har sparat mina sessioner i nätverket."

"Ja, filerna är döpta med ditt namn och det datum då du har besökt Brita."

"Det kunde faktiskt vara nyttigt att lyssna ord för ord vad jag har diskuterat med Brita, eftersom jag har glömt det mesta. Men jag tror nog inte att de innehåller något revolutionerande, för Brita har inte avslöjat sina avsikter under våra diskussioner. Jag minns att hon till och med räckte över pillerburken först efter att hon hade avslutat lagringen av banden."

"Vi borde alltså få lösenordet."

"Och det lyckas inte utan att ställa Brita mot väggen med en direkt fråga. Och det är jag inte beredd på ännu", tillade jag.

"En konstig sak dök dock upp", fortsatte Anna. "Filernas storlek."

"Varför var det konstigt?"

"Ljudfilernas storlek hänvisar till hur långa sessionerna har varit. "De allra flesta patientmötena har varit en timme långa, och ljudfilernas storlek är därmed identiska. Men dina sessioner har tydligen varit lite kortare, för dina ljudfiler är lite mindre."

"Det var konstigt", erkände jag. "Även mina sessioner har varit en timme långa, inte längre och inte kortare."

"Det kan bara betyda en sak", sade Anna ivrigt.

"Brita har editerat filerna", viskade jag. "Hon har tagit bort valda delar innan hon har sparat filerna."

"Det finns små delar i era diskussioner som hon av någon orsak inte vill att utomstående skall få ta del i."

"Det här kan vara en viktig ledtråd", sade jag ivrigt. "Om det bara är möjligt så skulle jag gärna lyssna på sessionerna för att kunna säga vilka samtalsämnen som hon har klippt bort. Då vet vi vad det är som hon vill dölja."

"Vi skall se om det finns något jag kan göra", sade Anna. "Ifall någon av psykiatrerna har lösenordet lätt tillgänglig till filerna. Men det får bli imorgon."

"Och det är imorgon som jag skall diskutera med min polisvän, Stefan Rundberg."

Samtidigt ropade mamma från köket att pajen var varm och jag avslutade samtalet med Anna. Det doftade faktiskt Karl Johan-svamp i köket och jag satte mig vid köksbordet. Mamma lade en tallrik med en stor bit ångande paj framför mig.

"Det var roligt att se dig igen", sade mamma öppenhjärtat. "Även om det inte har gått längre än en månad sedan vi tillbringade julen tillsammans. Jag antar att det har med ett detektivfall att göra."

"Det stämmer. Jag kommer att träffa Stefan Rundberg imorgon."

"Och som vanligt avslöjar du inga detaljer om dina undersökningar och allt är hemlighetsfullt. Som om du vore en hemlig agent."

"Känner du någon John From?" frågade jag spontant.

"Nej, hur så?"

"Någon Brita Lagerstrand?"

"Nej."

"Någon annan Lagerstrand?"

"Nej. Men räknas min granne, Brita Malmfors? Ifall hon är en Brita som har något med någon Lagerstrand att göra? Hon är dock över 80 och knappast en massmördare..."

Jag tittade tankfullt på mamma. Hon kunde vara en värdefull tillgång, då det gällde lokal information. Hon kände till allt skvaller som viskades i regionen. Det fanns alltid någon som hon kände som kände någon som kände till det man ville veta. Det gällde bara att hitta rätt spår till informationen. Mamma var medlem i otaliga föreningar och via dessas medlemmar hade hon ett enormt kontaktnätverk. Utan att behöva vara virtuellt uppkopplad till något socialt forum.

"Hur klarar du dig nu?" frågade mamma. "Jag menar finansiellt. Du har ju varit arbetslös rätt länge nu."

"Det knallar och går", sade jag. "Jag har inte så stora utgifter, då bostaden är min egen. Men visst kunde jag förtjäna lite pengar igen. Tyvärr har privatdetektivlicensen inte fört med sig något ännu."

"Vi måste njuta av våra små framgångar", sade mamma kryptiskt. "Har jag berättat om mammas stora njutning?"

"Nej", sade jag uppriktigt, och mindes inte att mormor skulle ha framhävt någon speciell njutning medan hon ännu hade levt.

"Hon var den yngsta i en syskonskara på tolv. Familjen hade råd med bara ett par skor åt flickorna, så hon var den sista av sju systrar, som använde ett par utslitna skor till skolan. Naturligtvis frös hon om fötterna, speciellt på vintern, då skorna var fulla av hål, som inte ens skomakaren kunde lappa."

"Och njutningen var?" Jag ville snabbspola historien, för jag kände mig alltid illa till mods då mina problem jämfördes med hur det hade varit förr eller hurudana problem u-ländernas barn kämpade med.

"Javisst, just det", sade mamma tanksprit. "Det hade inget med det att göra. Hon fick gå i en hushållsskola och hon blev kökspiga åt stadens rika borgarfamiljer. Hon lärde sig att göra den godaste slottsstek, som de välbärgade kvarterens familjer någonsin hade fått smaka på. Det fantastiska var dock att mamma under den tiden aldrig hade råd med att köpa kött själv, och hon fick inte själv smaka på den stek som hon lagade åt arbetsgivarna."

"Jag minns faktiskt hennes stek", sade jag och grävde i mina minnen från min barndom, då något välsmakande hade fastnat i mina mjölktänder.

"Först när hon blev pensionär unnade hon sig njutningen att äta stek själv. Även om hon levde på en minimal folkpension. Men det var bara ett litet problem."

"Jag minns nu", sade jag och mindes ett roligt minne från min barndom i de röda arbetarbostäderna i Fiskars. "Steken fastnade i mina tänder, men det gjorde den i hennes tänder också. Och eftersom hon hade löständer, brukade hon ta dem ur munnen och putsa dem fria från kött över diskhon."

"Fantastiskt att du minns", skrockade mamma. "Min poäng är att man inte bör vänta med att utforska sina drömmar och njutningar. Även om de kostar pengar. Njutningarna smakar inte lika gott när man är gammal. Men då har man förvisso utvecklat andra drömmar."

Mammas blick försvann någonstans långt bort. Kanske de förflyttades till ett annat ställe eller en annan tid. Kanske de var i Fiskars, där hon hade levt största delen av sitt liv med pappa. Jag själv fick ett plötsligt déjà-vu av tankarna kring kött och löständer. Jag mindes i samma ögonblick att de härstammade från en John From-dröm, där han reste till Sorrento med gamlingar. Även de hade fått stifta bekantskap med den svåra kombinationen av kött och löständer.

"Jag har varit lite sjuk", sade jag försiktigt.

"Jag var också till läkaren häromdagen", sade mamma med en röst som lät lite gäll. Kanske hon inte ville höra om de problem jag hade haft. Kanske det inte fanns någon orsak att berätta för henne att jag hade besökt en psykiater. Kanske jag inte behövde berätta för henne att jag misstänkte att den psykiatern, vars namn hon inte känt igen, höll på att göra mig galen.

"Kan du tänka dig att hälsostationen hade en ny läkare igen", fortsatte mamma. "En som talade dålig svenska också. Och nej, det var inte en finskspråkig utan han talade något helt annat språk. Minns du Jonas att vi alltid gick till samma läkare i samma hälsovårdsstation när du och Gitta var små? I Pojo läkarstation. Sedan stängdes den och vi hade likadan lyx med en bekant läkare med åratal av erfarenhet även här i Ekenäs. Men så flyttade han bort i höstas och istället kommer de här snuttarbete-läkarna som inte kan någonting."

"Var det något allvarligt?" frågade jag. "Någon åkomma som du var med till läkaren?"

"Nej. Var din sjukdom allvarlig?"

"Nej", svarade jag.

Katten Kille hoppade upp på en av de lediga köksstolarna och tittade anklagande på mig. Hade den redan nu lärt sig att tigga vid bordet? Och mamma förbjöd den inte att göra det?

"Jag besökte faktiskt systrarna Åkerstrand i Karis tidigare idag", fortsatte jag. "Minns du Selma Åkerstrand, som skötte våra tänder i Pojo? Och Klara som är privat sjukvårdare?"

"Jo, jag minns dem nog. Men varför kallar du dem för systrar?"

"Visst är de väl systrar?" sade jag häpet. "De ser ju så lika ut och är nästan jämnåriga."

"Selma Åkerstrand är nog Pojo-bo. Men hon var enda barnet. Klara flyttade in för tiotals år sedan, men jag minns inte vad hennes släktnamn var innan hon bytte till Åkerstrand."

"Menar du att de är ett par?" frågade jag och kände hur rodnaden steg i mitt ansikte.

"Nämen, var nu inte så inskränkt, Jonas", sade mamma med en retfull röst. "Det är ingen hemlighet och det är inget problem."

"Det var inte det", stammade jag. "Det var bara så överraskande."

"För att de är gamla?" frågade mamma beskt. "Också vi gamla har gärna meningsfulla förhållanden."

"Naturligtvis", sade jag. "Jag är bara så förvånad över hur lätt det är att byta namn. Och att det var lätt redan för tiotals år sedan att göra det. Jag bara undrar om även Brita Lagerstrand, som jag undersöker för tillfället, kan ha bytt namn."

"Det finns nog ingen Lagerstrand i regionen."

"Tschäder finns det nog av."

"Jovisst, det finns visst några i Barösund? En äldre tant med en liten pojke, vill jag minnas?"

"En liten flicka", rättade jag. "Men hon har vuxit upp till en stor flicka vid det här laget."

"Nej, jag tror nog att det var en pojke", vidhöll mamma med ögonen någonstans i det förflutna.

Osäkerheten kröp över mig igen. Hon måste minnas fel. Eller hade Anna fört mig bakom ljuset? Eller... Eller, om det var en pojke i början, men att pojken nuförtiden hette Anna?

"Kanske det var en flicka trots allt", fortsatte mamma. "Har hon gjort något?"

"Hur så?" Den oroliga känslan klättrade längs min ryggrad igen.

"Jag bara tänkte att om du undersöker henne som privatdetektiv så ligger det någon obehaglig historia bakom det hela."

"Nja, det är nog så att jag är kanske lite intresserad av Anna Tschäder", sade jag hemlighetsfullt.

Mamma tappade sin gaffel på pajtallriken.

"Nämen, så överraskande!" sade hon uppriktigt.

"Hur så?" frågade jag med en lite sårad röst. "Det är ju faktiskt en tid sedan jag har sällskapat med någon eller ens varit intresserad av någon."

"Jamen, jag hade trott att... Nåväl, det gör ingen skillnad. Jag är bara så nöjd. Det var verkligen goda nyheter, Jonas!"

"Det har varit en verklig berg- och dalbana den här hösten. Det känns till och med som om mina två tidigare fall här i Västnyland inte blev helt uppklarade, för något är kanske ännu på hälft."

"Är det därför du skall träffa din polisvän imorgon?"

"Ja, vi skall gå genom allt som hände i våras och i somras för att se om något blev ouppklarat."

"Jag vet inte mycket om dina fall, eftersom du inte berättade något om dem. Men man har nog fått läsa i lokaltidningen om fallen, eftersom de var rätt stora grejer. Jag tycker bara att ditt namn borde ha nämnts, så att du skulle få in nya fall att lösa. Det vore ju bästa marknadsföringen och du har väl inte arbete i överflöd, har jag förstått."

"I våras undersökte jag den där studerandeflickans död i Fiskars, och det ledde till en knarkliga." Jag försökte öppna diskussionen till de fall, som kunde ha något med Brita Lagerstrands beteende att göra.

"Plötsligt arresterades den där disponentsonen från Lillböle gård, Axel Nordsund, men sedan blev han frigiven. Polisen meddelade att de hade fått nya spår i fallet och så blev allt tyst. Nordsund blev frigiven och efter det har tidningarna inte berättat något annat om knarkhandeln i Västnyland än att den har klart minskat."

"På tal om Lillböle och dess ägare... Har du hört något skvaller om Maria eller Hubertus von Dunderholm?"

"Nej, de var tydligen i Rio hela sommaren. Och Maria är svårt sjuk, men hon är fortfarande vid liv."

"Axel Nordsund sällskapar fortfarande med Linnea Flytmarsch", berättade jag. "De är förlovade nu."

"Pappa Flytmarsch blir nog tvungen att lämna Raseborgs lokalpolitik i vårens kommande kommunalval. Ingen i Fiskars tycks vilja rösta på honom längre", berättade mamma och hänvisade till våra före detta grannar och vänner i Fiskars, där vi hade bott under min uppväxt.

"Och så hade vi det andra fallet", fortsatte jag och hänvisade till sommarens fall, där mitt uppdrag hade varit att bevisa en ung änkas skuld till makemord.

"Jag minns inte mycket av det", erkände mamma. "Och det beror ju naturligtvis på att jag var 24 timmar om dygnet egenvårdare åt din pappa. Tills han dog."

"Det var den där arvstvisten om Lappkulla gård på Hangöudden."

"Naturligtvis", mindes mamma. "Den där satmaran dömdes till ett långt fängelsestraff för bara en kort tid sedan. Rättegången pågick hela hösten."

Min tallrik var tom och jag lade den i diskmaskinen.

"Har bilen fungerat väl?" frågade mamma. Hon hänvisade till pappas gamla bil, som nu var i min besittning och låg i välförtjänt vintersömn i Helsingfors.

"Jovisst, men jag använder den inte så här på vintern", svarade jag. "Skulle du behöva den?"

"Nej, du vet att jag inte har något körkort. Det är bra att du kom med tåg, för snöhögarna fyller alla parkeringsplatser för tillfället även här i Ekenäs."

"Jo, och jag tror inte att det blir några fältundersökningar den här gången. Jag intervjuade systrarna, äsch, alltså damerna Åkerstrand idag och imorgon blir det Stefan Rundberg mitt i Ekenäs. Så det behövs ingen bil den här gången. Troligtvis åker jag tillbaka till Helsingfors redan imorgon kväll."

"Till Anna Tschäder?" sade mamma gäckande.

"Hon hjälper mig i undersökningarna", sade jag och försökte få det att låta så oskyldigt som möjligt.

Kille tittade på mig och började spinna. På exakt samma sätt som Smirre hade gjort för 30 år sedan. Det kändes kusligt. Som om en dubbelgångare hade ersatt en annan och bestämt att den ursprungliga katten var någon som måste bort. Jag visste bara att jag hade för många tankar som snurrade i min hjärna samtidigt. Någon av dem måste bort. Kanske Stefan Rundberg skulle hjälpa mig med att sortera dem i rätt fack.

KAPITEL 10

"Vill du ha lite lakesoppa?" frågade Stefan Rundberg efter att jag hade satt mig på stolen vid hans skrivbord.

Vi befann oss i hans bås på polisstationen i Formanshagen, och det lilla utrymmet hade blivit bekant under mina tidigare uppdrag i Västnyland. Han hade förklarat att hans förman Nettan Larsson var på moderskapsledighet och att han hade fått lite biträdande befälsuppgifter. Det betydde färre fältutredningar, men enligt Stefan gjorde det inte så mycket. Han började vara till åren och ville gärna ta det lite lugnare på jobbet.

Konstapel Rundberg var dock i god form och det såg ut som om han levde på soppa varje dag. Han var lång och smal, vilket förvånade alla dem som associerade hans namn Rundberg till något annat.

"Tack gärna", svarade jag och konstaterade att det var lunchtid. "Har du fångat laken själv?"

"Nej, man kommer inte ut på isen för att pilka", sade Stefan.

"Varför inte?" frågade jag men insåg omedelbart svaret. "Ja, just det, för det har inte bildats is under den långa, blida vintern."

"Precis. Grannen åkte upp till mellersta Finland för att fiska och kom ner tillbaka med en stor fångst. Frun min gjorde en stor sats soppa på den lake som han hämtade åt oss. Det var en jäkligt ful fisk, måste jag säga."

Inom mig blixtrade en plötslig längtan efter att få göra en lång vinterpromenad på isen utanför Arabiastranden nära mitt hem. Helsingfors strandlinje såg så annorlunda ut när man såg den från havet att dessa vinterpromenader brukade kännas verkligt exotiska. Kanske det skulle vara möjligt att gå på isen även detta år, om det blev tillräckligt kallt en längre tid.

Stefan böjde sig över en stor balja med soppa, som tydligen räckte som lunch åt honom under hela arbetsveckan. Alla mina fördomar om kombinationen polismän, gigantiska snabbmåltider och flottiga bakverk spreds vind för våg. Han slevade soppa på två tallrikar och värmde upp dem i sin mikrovågsugn en åt gången.

"Nåväl, gamle vän...", sade Stefan. "Min lunchrast tar en halv timme, så vi kan gott diskutera sådant som inte behöver antecknas i något protokoll. Det lät på ditt samtal som om det gäller något som inte är ett befintligt polisfall."

"Alldeles", bekräftade jag medan mikrovågsugnen pep att en portion var färdigt uppvärmd. "Ät du först bara medan jag förklarar situationen."

Och så berättade jag om min konstiga minnesförlust, mina besök hos Brita Lagerstrand, om hur verklig min fantasifigur John From hade känts, om hur min flicka hade reagerat på den medicin som Brita hade ordinerat och vad som pekade på att Brita kunde vara ansvarig för mitt tillstånd.

"Du har en flicka", skrockade Stefan med munnen full av mat. "Berätta allt om henne. Det var på tiden. Du är ju inte särskilt ung längre, Österfelt."

"Vi får ta det senare om det blir tid", sade jag, irriterad över att mitt egentliga ärende inte togs på allvar.

"Det finns alltså bara några saker som visar på att Brita Lagerstrand vill dig illa", sade Stefan medan han lade min ångande portion framför mig. "Hon har gett dig en medicin, som kan förvärra ditt tillstånd och hon kallade dig för John From. Ni tror att hon har manipulerat de ljudfiler som bandas under de psykiatriska sessionerna. Dessutom försöker hon dölja sitt riktiga namn och sin identitet med ett missvisande tidningsurklipp samt genom att dölja namnet på sitt psykiaterdiplom."

"Just det. Gode Gud så gott", utbrast jag när jag smakade på det gräddiga och kryddiga spadet. Det vita fiskköttet smakade inte särskilt mycket men kombinationen av potatis, körsbärstomater och gröna bönor var härlig."

"Jag skall berätta åt frun min", sade Stefan belåten över komplimangen. "Men ärligt sagt, om en vanlig medborgare kom in och berättade det som du berättade, skulle jag nog inte starta en utredning. På sätt och vis förstår jag dina misstankar, men de stöds inte av något konkret brott eller försök till brott."

"Pillerburken då?" undrade jag besviket. "Den kan åstadkomma fara för hälsan."

"Den kan inte direkt bindas till henne om hon inte erkänner att hon gett pillren åt dig. Därför skulle jag råda till en direkt diskussion med Brita eller hennes förman. Jag tror inte att en formell undersökning skulle leda till något resultat."

"En formell undersökning är inte mitt mål. Jag vill bara veta varför hon gjorde det som hon gjorde."

"Har du blivit ordinerad några ytterligare besök hos Lagerstrand?" frågade Stefan och tittade stint på mig. Det kändes som om mina misstankar var paranoida och att jag verkligen behövde ett besök hos en riktig psykiater. Jag suckade och tittade på den sista potatisklyftan, som vilade på tallrikens botten.

"Nej, och min avsikt är nog att ställa henne mot väggen med en direkt fråga men bara om jag inte hittar svaren på egen hand."

"Var försiktig när du gör det. Om du blir provocerad eller om du brusar upp dig, kan det skada dig. Du kanske faller tillbaka i det tillstånd du var i höstas, när du led av depression och minnesförlust. Det var ju då som din pappa dog, om jag minns rätt. Jag har ofta i mitt jobb sett människor falla i sådan chock att de inte minns vad som skett eller vad de har sagt. Det är inte särskilt ovanligt med minnesförluster och det är alldeles rätt att du sökte upp en psykiater."

"Okay. Om jag inte får formell hjälp av polisen, så tar jag ändå gärna emot informella råd. Jag blev ju trots allt auktoriserad privatdetektiv i höstas, så jag kunde undersöka det här på egen hand. Speciellt då jag inte har fått ett enda uppdrag sedan jag gick kursen."

"Ja, gratulerar till befattningen. Det är svårt att vara privatföretagare, har jag hört. Det finns faktiskt några punkter som du kunde ta vara på i din situation."

"Vaddå?", frågade jag intresserat. Jag släppte soppskeden på tallriken och tog fram ett anteckningsblock.

"Har du funderat på motivet? Varför skulle en psykiater vilja göra sin patient illa? Eller göra sin patient rentav galen?"

"Kanske hon ville använda mig som försökskanin? Se hur galen jag blir om jag använder preparatet?"

"Men då borde hon ju ha en direktkontakt till dig så att hon kan följa med hur ditt tillstånd utvecklas? Du sade att du inte har kontakt med henne längre."

"Sant", erkände jag surt. "Om hon vill mig illa måste det vara en hämnd för något?"

"Min intuition säger också att det vore det mest sannolika motivet. Men det är nog en del konstigheter med det också."

"Hur så?" frågade jag nyfiket.

"En hämnare vill känna tillfredsställelse av att såra sitt offer. Den tillfredsställelsen blir delvis urvattnad om offret inte vet vem som sårar och varför."

"Och faktum är att jag inte vet vem Brita är och varför hon gjort det som hon har gjort."

"Inget tyder på att hennes hämnd skulle fortsätta, eftersom du har hittat pillren och inget nytt har hänt. Därför får hon inte tillfredsställelse av att se hur planen fortskrider."

"Kanske dödsstöten är fortfarande på kommande?" frågade jag surt.

"Om något är på kommande, så vill hon nog berätta varför hon gjort det. Så att du vet varför du bestraffas."

"Därför vill jag skydda mig i förväg. Genom att avslöja hennes identitet."

"Och vad berättade de i detektivskolan att man kan göra i sådana fall?" frågade Stefan gäckande. "Du misstänker alltså att hon i något skede har bytt namn till Lagerstrand. Och att du skulle känna hennes identitet om det ursprungliga namnet blev avslöjat?"

"Just det. Jag får vända mig till Befolkningsregistercentralen."

"Nästan rätt. Det är magistraten som sköter namnändringar. Om hon bor i Helsingfors, kan vi anta att hon har utfört namnändringen i Helsingfors magistrat. Men det gynnar dig knappast."

"Precis. För hon har säkert lagt in ett förbud att lämna ut uppgifter om henne."

"Rätt", bekräftade Stefan. "Och det måste de respektera. Men det finns ett sätt."

"Officiella Tidningen", sade jag belåten över att jag tillbringar timmar på biblioteket varje vecka. Officiella Tidningen var den obligatoriska kungörelsekanal, där bland annat namnändringar meddelades.

"Om du ger dig in på att bläddra i den veckotidningen, får du investera massvis med tid. Finns det någon möjlighet att begränsa tidsintervallen när hon kan ha ändrat sitt namn?"

"Brita Lagerstrand började jobba på psykiaterandelslaget i höstas så namnändringen har skett innan det. Men den har också skett efter att hon blev utexaminerad för kanske 20 år sedan."

"Ett jättejobb. 20 gånger 50 årliga utgåvor betyder över 1000 tidningar att gå genom."

"Vad skulle du Stefan säga om jag påstår att Brita kanske kommer från Västnyland? Hennes accent tyder på att det kan vara så."

"Namnet Lagerstrand säger mig ingenting. Inte heller Per Lagerstrand, som fanns i den där dödsannonsen som du talade om. Finns det överhuvudtaget någon med det namnet i Västnyland?"

"Inte vad jag vet."

"Okay", sade Stefan och slog avväpnande ut med händerna. "Det öppnar två möjligheter. Din barndom eller fjolåret."

"Hur så?" frågade jag perplext.

"I våras när du kom till Västnyland med ditt första fall, sade du att du var här för första gången på över 20 år. Det skulle betyda att Britas hämnd har något att göra med dina västnyländska detektivuppdrag ifjol. Eller så känner hon dig från din barndom, när du verkade här senast. Om det alltså visar sig att er gemensamma nämnare är Västnyland."

"Jag förstår", sade jag tankfullt. "Om det har att göra med fjolårets utredningar, skulle det alltså betyda att Brita har bytt sitt namn mellan våren och hösten, och det skulle inte vara alltför många Officiella Tidningar att bläddra genom. Kanske vi borde diskutera genom mina två uppdrag från ifjol för att se om det finns några lösa trådar kvar i dem?"

"Varför inte?" sade Stefan och började samla ihop tallrikarna, för vi hade bara ungefär fem minuter kvar. "Fallet Strömstam är enklare så vi kanske börjar med det."

"Sofia Strömstam dömdes till ett långt fängelsestraff och hon har visst inga släktingar som kunde vilja hämnas på mig."

"Det stämmer. Men du minns säkert den unge mannen, som försvann. Hennes kumpan. Vi tror att han lämnade ett spår efter sig i Curacao i Karibien, men vi är inte säkra."

"Hmm", sade jag, ovillig att kommentera det närmare. Jag trodde dock inte att Britas spår ledde till den härvan.

"Och Mia Kinnunen då? Det är exakt ett år sedan hennes kropp hittades flytande i Fiskars å. Kan det fallet ha börjat spöka igen?" Stefan såg osäker ut, som om han var ovillig att kommentera ett fall som inte var helt avslutat ännu.

"Jag hörde att Hubertus von Dunderholm hittades död i Rios slum för en tid sedan", sade jag bistert. "Men hans mamma Maria lever visst ännu."

"Det stämmer", sade Stefan. "Hans kropp hittades i en massgrav tillsammans med åtta andra kroppar. Det är tydligt att graven hade att göra med de brasilianska knarkligorna. Rios polis anser att två av kropparna hade skandinaviskt ursprung. Den ena var Hubertus, men den andra har inte blivit identifierad."

Jag satt tyst. Informationen var tung att ta emot även om jag hade hört det redan tidigare under hösten. Helst ville jag inte höra mera för jag ville lägga fallet bakom mig. Jag hoppades att Brita inte hade något med det fallet att göra.

"Jag fick ett brev av Maria von Dunderholm", sade Stefan lågt som om han berättade något hemligt. "Hon påstod att Västnylands knarkproblem den våren berodde på att Hubertus smugglade in knark från Brasilien. Kan du tänka dig? Gumman avslöjade sin egen son! Det var därför vi frigav Axel Nordsund."

"Då är fallet alltså avklarat", påpekade jag förhoppningsfullt.

"Inte riktigt. Hubertus var för det mesta stationerad i Rio. Det betyder att han behövde en lokal kontakt i Västnyland som förväntades ta emot knarkförsändelserna. Samma person skötte om distributionen."

"Fick ni fast honom? Eller henne?"

"I slutet av augusti haffade vi Åke Lövskog. Säger namnet dig någonting?"

"Det låter faktiskt bekant", svarade jag tankfullt. "Mamma har talat om honom. Är han inte...?"

"Ja, många västnylänningars läkare."

"Mamma sade att han lämnade sin position i höstas och att det har kommit en massa odugliga läkare istället."

"Han lämnade inte sin position. Han kan helt enkelt bara inte utöva läkaryrket från häktet."

"Har han inte ställts inför rätta ännu?"

"Vi samlar fortfarande bevis mot honom, och det börjar se ut som ett klart fall för domstolen. Han har samlat in en förmögenhet genom att extraknäcka som knarkhandlare. Åke Lövskog var sannerligen inte enbart en läkare. Vi hittade också ett annat åtal mot honom i det förflutna, så han är ingen oskyldig munk precis. Västnyland börjar vara rätt rensopat från knark, åtminstone för tillfället."

"Tror du att Brita Lagerstrand kunde ha något med knarkligan att göra?"

"Du menar att om en västnyländsk läkare sysslade med knarkhandel, så kunde även en psykiater med västnyländskt förflutet syssla med knarkhandel i Helsingfors?"

"Det är väl kanske inte helt långsökt?"

"Nåväl, jag kan försöka titta om det kunde finnas en koppling mellan Brita Lagerstrand och Åke Lövskog", medgav Stefan. "Men du har väl inte prövat på knark under hösten, har du, Österfelt?"

"Nej, mitt förvirrade tillstånd berodde inte på knarkdimmor", väste jag förnärmat. "Om du minns rätt så blev jag officiellt frikänd från knarkmisstankar även om det fanns spår av narkotika på mina skor."

"Jovisst, hur kunde jag glömma det?" småskrattade Stefan. "Du satt strumpfota i polisbilen, när vi blev tvungna att ta hand om dina skor."

Konstapel Rundberg sneglade mot klockan och jag förstod vinken. Det var dags att gå iväg. Jag hade uträttat allt jag kunde i Västnyland och nästa steg var att planera följande steg tillsammans med Anna. I Helsingfors. Kanske jag skulle bli tvungen att konfrontera Brita trots allt. Det var det sista alternativet efter att alla andra utredningstekniska möjligheter hade använts.

"Lycka till med utredningarna och ställ dig utanför allt trubbel", uppmanade Stefan godmodigt.

"Naturligtvis", sade jag från dörröppningen till Stefans bås. "Och vi håller varandra underrättade. "

"Vänta!" ropade Stefan fastän jag redan var på väg mot polisstationens ytterdörr, och jag återvände.

"Din nya flicka...", sade han. "Vem är hon? Du lovade berätta om henne."

"När tiden är mogen", sade jag med ett leende. "Vi håller varandra underrättade."

KAPITEL 11

Till min stora förvåning väntade mamma på mig utanför polisstationen. Hon gick nervöst fram och tillbaka bredvid en parkerad polisbil, och min första tanke var naturligtvis att något hade hänt. Hon såg lättad ut, när hon såg mig stiga ut ur polishuset vid Formanshagen.

"Vad gör du här?" frågade jag oroligt.

"Jag kom för att möta dig", sade mamma lugnt. "Du sade att du skulle åka till Helsingfors med fyrans tåg och det är över två timmar dit."

"Sant, men..."

"Och du sade att ditt möte med konstapel Rundberg skulle ske under hans lunchrast. Så jag räknade ut att du har ledig tid innan din avfärd."

"Jag åt just lunch med honom så jag orkar nog inte äta ny lunch just nu", sade jag irriterat, men samtidigt lättad över att mammas närvaro inte betydde något allvarligt.

"Vi tar en ordentlig promenad", sade mamma glatt. "Det är länge sedan du har fått smaka på frisk småstadsluft. Det gör nog gott åt dig, som är van vid storstadens luftföroreningar."

"Okay", medgav jag tveksamt. De var faktiskt en vacker vinterdag, med sol och glänsande rena snöberg runt om staden. Och inte alltför kallt. Nästan som om en gnutta vår var på kommande.

Bara en smal passage av trottoaren hade plogats fri från snö. En ung mamma skuffade en barnvagn som var lika bred som passagen och vi stod rakt i dess väg. Både mamma och jag steg åt sidan i snödrivan och stridsvagnen passerade oss. Den unga mamman sade ingenting och min mamma muttrade något om dagens ungdom medan hon steg av vallen.

"Jag rannsakade mig själv i morse", sade mamma med en låg röst. "Jag insåg att du höll på att säga något viktigt igår kväll, och jag noterade det inte. Jag är ledsen, men det var en sorts självbevarelsedrift. Min instinkt sade att jag inte orkar lyssna på att någon av familjemedlemmarna igen en gång mår dåligt."

Naturligtvis förstod jag henne. Det hade fortfarande gått bara ett halvt år sedan pappa hade dött, efter en mycket svår sommar. Mamma behövde faktiskt en lång tids lugn och ro innan nästa problem dök upp. Och jag hade bara spytt ur mig att jag inte har mått bra.

"Vi alla gör så gott vi kan", sade jag förstående.

"Nej, vi gör så gott vi kan först efter att vi har lyssnat på varandra", korrigerade mamma. "Vi måste kunna tala öppet och lyssna öppet om varandras svåra angelägenheter. Först därefter kan vi fundera vad vi skall göra med informationen. Men inom familjen skall vi inte behöva hemlighålla någonting."

Det sista hade hon sagt med sådan tyngd att jag nästan snubblade över mina egna vinterkängor.

"Nu berättar du vad du antydde igår", befallde mamma. "Du sa att du har varit sjuk. Är det något allvarligt?"

"Jag tror inte det", sade jag tveksamt. Innan mamma tvingade mera ur mig, fortsatte jag: "Jag har besökt en terapeut för att diskutera min depression."

"Men du har väl inget fel i huvudet?" sade mamma på sitt typiska, direkta sätt.

"Nej, mitt förnuft är det inget fel på. Det som finns i huvudet. Men det är känslorna som jag var orolig för. Jag kände mig illamående. Psykiskt."

"Är allt bra igen nu då?"

"Jag tänker inte besöka psykiatern längre", svarade jag ärligt, men drog mig för att berätta hela sanningen om Brita Lagerstrand.

"Det är alltså någon nytta med den yrkeskåren, om de en gång fick dig på bättre humör igen."

"Det är inte så allvarligt", sade jag. "Alla skulle behöva lite terapi då och då. Vi är alla mera eller mindre bydårar."

"Alldeles", sade mamma. "Minns du Tuffe i Fiskars? Han är en respekterad invånare, även om alla vet att han är lite annorlunda. Det är inget mera dramatiskt än så."

"Hur mår han nuförtiden? Minns du att vi såg honom i Fiskars under pappas begravning? Han hade inte förändrat sig alls under alla dessa år."

"Skvallret skulle nog ha nått hit till Ekenäs om något speciellt hade hänt i Fiskars eller åt Tuffe. Han är en lokal kändis."

Det var nog jag själv som var bortkommen. Jag kände mig som en bydåre och Tuffe representerade den vanliga medborgaren.

"Ibland avundas jag honom att han har hittat sin plats", sade jag.

Vi gick längs Kråkströmsvägen mot Kråkholmen och jag visste inte om det var mamma som ledde mig eller jag som valde vägen. Huvudsaken var att vi rörde på oss för det var ju inte precis sommar ute. Den lilla Kråkholmen befann sig mitt i inloppet till Pojoviken. Det såg ut som om den inte hade något annat syfte än att fungera som en knutpunkt eller en mellanstation. Kråkholmen befann sig halvvägs vid den långa bron över Pojoviken. Den smala vägen som vi gick på hade en gång i tiderna varit huvudinfarten från Hangö till Ekenäs, men nu var den nästan öde. På andra sidan av Kråkholmen slingrade sig järnvägens egen bro ut mot Hangö udd. Holmen var helt enkelt bara en stor påle i vattnet, en länk i de broar som sydde ihop inloppet till Finlands längsta vik.

"Det var nog den långa arbetslösheten som började koka över", sade jag som för att försöka förklara varför jag hade gått hos en psykiater.

"Mina råd om hur du skall söka efter arbete gjorde det säkert inte lättare", sade mamma med en suck. "Det kändes säkert som en sorts misstro att du inte gjorde tillräckligt. Jag är nog säker på att du har lyft varenda tänkbara sten för att försöka få ett arbete."

Mammas ord betydde mycket. Jag hade alltid känt mig otillräcklig, när jag hade redogjort för hur jag hade försökt hitta ett jobb sedan vi senast hade träffats. Det räckte inte med att misslyckas. Man var också tvungen att förklara varför man misslyckades.

"Vi var så lyckosamma, din pappa och jag. Jag förstår det först nu. När vi blev arbetslösa i Fiskars, var det antagligen meningen att vi aldrig mera skulle få ett jobb. Men vi utmanade ödet. Vi flyttade bort, till Ekenäs, och din pappa fick faktiskt ett nytt arbete. Det var en fantastisk tur, men vi har inte rätt att försöka återskapa en oväntad tur genom att predika samma råd åt andra."

"Han hann jobba i Ekenäs i över tio år innan han blev pensionär", sade jag belåtet.

"Ja, men jag minns nog hur ansträngt vi hade innan han fick det nya jobbet. Och själv fick jag ju aldrig ett nytt jobb, så vi levde båda på hans lön. Men innan det fick vi gå genom alla tänkbara känslor. Vi var överflödiga, vi var en börda för samhället och vi var onyttiga. Du vet allt det där från din egen erfarenhet."

"Precis", sade jag torrt.

"Men även om ingen lyckas argumentera mot de där påståendena så måste man gå tillbaka till situationen, då man blev arbetslös. När man får sparken."

Jag svalde och mindes den obehagliga situationen, då jag kallats in till chefens rum för att höra det obligatoriska pladdret om ekonomiska och produktionstekniska orsaker till det oundvikliga.

"Det är egentligen fråga om bara en sak", sade mamma. "Någon måste bort."

"Arbetstagaren måste bort", upprepade jag.

"När det inte finns plats för alla längre, måste någon bort. Denna någon är sällan frivillig. Därför måste någon ta på sig ansvaret att välja ut denna någon, som måste bort."

"Denna någon borde alltså inte känna skuldkänslor för att han har blivit vald", sade jag som om jag försökte följa mammas tankegång.

"Att du fick sparken är inte ditt ansvar, att du förblev arbetslös är kanske lite ditt ansvar, men att behålla humöret, Jonas...", sade mamma med tyngd på rösten, "... det är ditt ansvar."

"Naturligtvis är det så", sade jag lite irriterat, eftersom dessa tankar hade rullat i mitt huvud om och om igen. "Det är inte så lätt att sprida det förnuftet från huvudet ända till alla andra känslospröten."

"Jag vet", sade mamma. "Att få sparken är som en snabb död, men att hitta jobb är i dagens läge som en långsam död. Men man får inte förlora hoppet."

En ung man kom gående emot oss med en kopplad hund. Hunden sniffade besviket på snöhögarna, vars nyfallna snölager effektivt dolde alla intressanta lukter. Hunden vände sitt intresse mot oss men mamma gick rakt vidare utan att fästa någon uppmärksamhet vid djuret.

Hundar längtar efter att få tillhöra en flock. I början strävar de lite efter att få vara flockens ledare, men de fogar sig snabbt. För dem är det viktigare att få vara en del av en flock och ha en herre än att vara en ledare. De vill vara dugliga och de anser de flesta vara dugliga. I en hunds ögon skulle jag vara duglig även om jag är arbetslös.

"Så du har en katt nu", sade jag för att vända samtalsämnet från arbetslösheten.

"Det är skönt att ha Kille i hushållet", sade mamma belåtet. "Och han är inte vilken kille som helst. Han är Kille med stort K. Precis som Smirre i tiderna var en verklig personlighet."

"Är Kille en hemmakatt? " frågade jag misstroget, som om det var en term som jag inte trodde på. "När vi bodde i Fiskars, var Smirre fri att komma och gå som den ville. Det var inget problem med det."

"Det är inte så simpelt för katter nuförtiden. Och i en småstad som Ekenäs kan katter inte gå fria utan att de springer under bilar. Så ja, Kille stannar inomhus. I sommar, om det blir någon sommar efter den här gudsförgätna vintern, kan jag ta katten till trädgården i ett koppel. Så att den inte springer iväg."

"En katt med en berövad frihet...", sade jag gäckande.

"Är som en människa med föga hopp att uppnå sina drömmar", svarade mamma. "Men katter vänjer sig nog."

Vi hade gått över bron och befann oss på Kråkholmen. Vyerna var enastående. Havsrestaurangen Knipan såg vackrare ut än någonsin från Kråkholmen. På andra sidan av vikens inlopp syntes Ekenäs västra hamn och Skeppsholmen. Trots det enorma snöfallet hade vattnet inte frusit och det glimmade svart, omgivet av de vita stränderna. Allt var så vackert att jag inte förmådde mig att säga något. Jag ville bara njuta av utsikten.

Mamma tittade belåtet på mig, som om hon var nöjd över att hon hade lyckats visa mig något som gjorde ett starkt intryck.

"Det finns så mycket vackert att se, och oftast finns det närmare än vi tror", sade hon och jag nickade.

"Jag minns att du som liten ofta drömde dig bort till fjärran världsdelar och exotiska länder", fortsatte hon. "Du blev alldeles galen när du såg din första James Bond-film och de exotiska miljöer, där spännande biljakter utspelades."

"Jag minns nog."

"Du samlade på frimärken och ville lära dig allt om de spännande länderna varifrån de exotiska märkena kom. Om somrarna isolerade du dig på vår vind för att studera din samling."

"Det brukade vara rätt hett under plåttaket under sommardagarna", konstaterade jag.

"Jag förstår att du inte har råd med att göra alla de resor som du drömde om, men hur har du kommit över besvikelsen att du inte kan uppfylla drömmarna?"

"De exotiska målen har kommit till mig", sade jag tankfullt. "Ibland drömmer jag om en hemlig agent som heter John From. Hans äventyr för honom till fjärran länder och till spännande situationer. Men varför frågar du? Det låter som om du har fått avstå från någon viktig dröm."

"I den här åldern är det inte så mycket fråga om att få uppleva någon ouppfylld dröm längre. Det är snarare fråga om att få behålla det som man har uppfyllt. Jag förlorade redan din pappa. Jag hoppas bara att det inte blir att förlora någon annan också. Dig eller Gitta eller hennes barn. Eller hälsan."

"Du sa att du hade varit till en läkare?" sade jag orolig över hennes antydande.

"Precis. Jag blir skräckslagen över varenda liten åkomma och symptom. Läkaren sade nästan rakt ut att jag är inbillningssjuk."

"Jamen, det är väl bättre än att du skulle vara sjuk på riktigt?" sade jag lättad.

"Naturligtvis, men helst skulle jag bara slappna av. Slicka pälsen, som Kille brukar göra."

"Det börjar låta lite hårigt", fnissade jag och tog mamma i armkrok. Vi vände om och började gå tillbaka mot centrum. Eller järnvägsstationen. Jag visste inte vilkendera, men det gjorde ingen skillnad, när man upplevde kvalitetstid.

Vi gick förbi en enorm tegelbyggnad och mamma berättade igen en gång att mormor hade jobbat på klädfabriken Lumpen likt många andra västnylänningar. Jag tyckte mig höra symaskiner eka från de massiva väggarna, men det var ljudet från en liten moped med en ung chaufför.

Plötsligt mindes jag att även jag hade haft en moped som ung. Puttrandet från den hade ekat på likadant sätt mellan Fiskars bruks tegelbyggnader. Jag kunde inte förmå mig själv att minnas vad som hade skett med mopeden. Men det gjorde ingenting. Det var inte väsentligt.

"Jonas, har den där John From lämnat ditt liv nu?" frågade mamma utan att titta på mig.

"Jag är rätt övertygad om det", svarade jag ärligt.

"Bra. Han låter som en börda."

"Någon som måste bort."

KAPITEL 12

En kylig nordanvind naggade mina öronsnibbar, där jag väntade på gatan mittemot läkarstationens ingång. Min mössa var neddragen, men nådde inte helt över öronen. Jag lyfte mina händer mot kinderna så att de stickade vantarna lindrade vindens bitande ilska. Mörkret hade nyligen fallit på och den orangefärgade gatubelysningen började sprida sitt artificiella ljus.

Jag väntade på att Anna skulle avsluta sin arbetsdag. Ingendera av oss ville förlora ens det minsta av den lediga tid, som vi hellre kunde tillbringa tillsammans. Nästan tre dygn hade förflutit sedan jag hade sett henne senast. Föregående kväll hade jag anlänt rätt sent till Helsingfors med Raseborgståget och vi hade kommit överens om att vi skulle ses först följande dag.

Medan hon jobbade, hade jag halvhjärtat skickat iväg min hopplösa arbetsansökan nummer 341 och 342 samt min senaste ansökan om arbetslöshetsersättning. Därutöver hade jag satsat lite tid på den muta, som jag försökte använda för att locka Anna till mig på kvällen. Det skulle inte vara särskilt svårt att övertala henne, men löftet om en quiche lorraine-paj med skinka och paprika hjälpte naturligtvis en aning. Och en flaska halvdyrt rött vin från Bordeaux-trakten.

Läkarandelslagets ytterdörr slog upp och Anna Tschäder halvsprang över gatan så fort hon fick syn på mig där jag stod på vår avtalade plats. Hon såg lite komisk ut, där hon kom springande i sin vaggande stil, hopstoppad i den tjocka rosafärgade vinterkappan. Hon såg förtjusande ut. Med ett brett leende tog hon mina båda händer. För en kort sekund kändes det som om vi var på väg att kyssa varandra, men vi nöjde oss med att titta på varandra som om vi hade varit åtskilda i årtionden. Trots att hon bar på handskar och trots att jag bar på vantar, kände jag hennes värme stråla genom hela min djupfrysta kropp.

Gatubelysningens konstgjorda sken gjorde det omöjligt att se vilken färg Annas ögon hade och oroligt letade jag efter hennes pupiller med min blick. Lyckligtvis visste jag att hennes ögon var grågröna även utan ett visuellt bevis på det. Hennes breda leende stelnade inte utan hon såg närmast road ut över min letande blick.

Annas egen blick flackade tillbaka mot läkarstationen och vi stelnade till båda två. Det kändes konstigt att se Brita Lagerstrand utanför de fyra väggarna i hennes arbetsrum. Det kändes konstigt att se henne i en svart vinterkappa, som var så lång att den nådde nästan till marken. Det kändes konstigt att se henne i en svart mössa med vita ränder. Det kändes konstigt att se henne överhuvudtaget. Efter allt som hade skett.

Britas blick letade inte efter Anna, som en minut tidigare hade gått genom samma dörrar. Det kunde bara betyda att Brita inte medvetet följde efter Anna. Med snabba steg gick psykiatern över skyddsvägen bort från platsen, där vi stod. Hennes korta ben verkade trippa snabbt under den långa kappans fållar även om vi inte kunde se det. Det såg närmast ut som om hennes bastanta kropp vällde framåt, likt en pansarvagn.

”Skall vi följa efter henne?” frågade Anna upphetsat. ”Skugga henne som detektiver brukar göra?”

”Hon går säkert bara till närköpet”, muttrade jag.

”Det tror jag inte”, sade Anna bestämt. ”Hennes närköp ligger i Kottby, inte här i Vallgård.”

”Som arbetslös vet jag att de bästa livsmedelserbjudandena sällan finns i den närmaste affären”, sade jag surt.

”Brita behöver knappast jaga de minimala inbesparingarna”, vidhöll Anna.

"Nåväl, vi följer henne en bit då", medgav jag medan mina utsvultna tankar på skinkpajen sköts upp till en oviss framtid.

Den svartklädda gestalten gick ett halvt kvarter framför oss längs Backasgatan mot centrum. Vart kunde hon vara på väg? Anna hade berättat tidigare att Brita brukade ta ettans spårvagn till Kottby varifrån hon brukade promenera hem. Nu var Brita på väg åt motsatt håll. Anna höll min hand i sin, men jag visste inte om det var av tillgivenhet eller för att vilseleda Brita. Om min psykiater plötsligt vände om sig skulle hon bara se ett par, som förälskat höll i varandra, istället för sin före detta patient eller sin arbetsplats receptionist.

En plötslig frossa fick hela min kropp att darra och Anna svarade med att knipa allt hårdare om min hand. Jag skämdes över min reaktion och jag mumlade något om kyla och alltför lite kläder. Innerst inne visste jag dock att det berodde på Brita. Under senhöstens och vinterns sessioner med henne hade hon känts som min enda allierade. Nu hade hon utpekats som en förrädisk fiende. Stefan Rundberg hade tvekat över hennes skuld, och även jag undrade om jag hade hållit henne skyldig bara för att Anna hade pekat ut henne. Kunde jag lita på Anna? Hade den verkliga skurken i dramat verkligen avslöjats?

"Jag pratade med mamma om Ingås Tschäder-släkt", sade jag trevande.

"Västnyländskt skvaller på kommande, antar jag."

"Hon var bombsäker på att Tschäder var en äldre tant med en liten pojke."

"Gud vad festligt. Jag är en pojke", skrockade Anna. "Kanske skvallret vet min pappas namn också. Det har jag nämligen själv inte fått reda på."

"Det var förstås inte illa menat, men du vet ju hur det är när ryktet går."

"Jovisst. Jag är van vid det. Under hela min skolgång fick jag förklara hur det var att bo tillsammans med sin mormor utan en mamma eller en pappa. Men jag kom över det. Och nu har det gått över 10 år sedan jag flyttade från Ingå."

Jag kände mig förlägen över mina antydanden. Det var tydligt att mina problem var minimala jämfört med vad den unga kvinnan bredvid mig hade fått utstå. Det var min tur att krama om hennes hand.

"Du har vuxit upp till en fin 30-årig ung dam", sade jag uppriktigt. "Förresten, känner du dig inte alls besvärad över att jag är långt över 40, alltså en hel del äldre än vad du är?"

"Om det börjar besvära mig kan jag alltid inbilla mig att jag sällskapar med en 30-årig hemlig agent vid namn John From", svarade Anna med en glimt i ögat.

"Hah", sade jag och var nöjd över hennes finurliga svar. Jag kunde dock inte undgå tanken att hon kanske letade efter en fadersgestalt. Något som hon inte hade haft under sin uppväxt. Å andra sidan, jag måste nog höra till världshistoriens mest outvecklade fadersgestalter. I all min arbetslöshet. I all min asociala uppenbarelse. Kanske vi var på samma nivå, hon och jag. Kanske vi hade något gemensamt. Och vi hade tid att forska vad annat vi hade gemensamt.

Brita svängde till Sturegatan och plötsligt var hon försvunnen. Anna drog sin hand ur min och hon tittade förargat omkring sig. Hur kunde det ha hänt? Vi hade skuggat Brita och försökt undvika att bli avslöjade av henne. Istället hade hon lyckats slinka undan oss därför att det hade varit för stort avstånd mellan oss. Eller hade hon avslöjat oss och skakat oss av henne? Under min väktarkurs hade jag inte fått utbildning i att skugga våra objekt, utan det fick man lära sig själv. Av försök och misstag. Och det här verkade vara ett definitivt misstag.

"Där", ropade Anna och pekade mot Enarevägen. Den svarta kappan seglade fram längs den smala gatan och jag var orolig för att Brita skulle vända om sig efter Annas utrop.

För en kort stund var jag orolig för att Brita skulle vika av till Euravägen, för det kunde vara ett alarmerande tecken på att min psykiater var på väg till min bostad. Oron visade sig vara obefogad för hon fortsatte framåt och min nästa tanke var att Brita kanske var på väg till Vallgårds bibliotek. Anna tittade på mig som om hon förväntade sig att detektiven skulle berätta vad vi borde göra härnäst. Vi kände oss utsatta längs den smala gatan och det var uppenbart att ett halvt kvarters avstånd var på tok för kort till den vi skuggade. De idylliska trähusen verkade vara ointagliga borgar längs gatan. Spetsgardiner fladdrade i fönstren och det kändes som om hela familjer stirrade på vårt tafatta skuggningsprojekt.

"Vart sjutton är hon på väg?" muttrade Anna, när vi närmade oss den vältrafikerade Tavastvägen.

Vi hade redan passerat biblioteket, så det var inte dit hon var på väg heller. Jag suckade lättat. Det vore obehagligt om Brita brukade tillbringa tid på samma bibliotek som jag, för jag ansåg Vallgårds bibliotek vara mitt vardagsrum. Där brukade jag bekanta mig med aktuella böcker och läsa dagstidningarna nästan varje dag.

"Det finns inga affärer där", sade jag, när vi såg henne gå över Tavastvägen mot andra sidan. "Hon måste vara på väg för att träffa någon som bor där."

Anna tittade på de otaliga våningshus, som omfattade stadsdelen Hermanstad på andra sidan Tavastvägen. Jag tittade åt båda hållen för att vi skulle kunna korsa gatan tryggt. En smutsig buss passerade oss med vådlig fart och vi förskräckte oss över att vi just hade gått förbi en skola för småbarn.

Vi fortsatte med att skugga min psykiater längs Gallergatan in i hjärtat av Hermanstad. Och det var då som det slog oss båda samtidigt. Vi stannade upp mitt på gatan och såg vart Brita Lagerstrand var på väg. Det var samtidigt både intressant och oroväckande.

Stadsdelen Hermanstad domineras av ett stort område, som få helsingforsare har besökt. Området omges av en hög mur och innehåller något som utgör en stor samhällsekonomisk kostnad. Därför har det höjts röster att områdets verksamhet borde flyttas till en omgivning, där markarealen inte är lika dyr.

Många lokalpolitiker har ställt krav på att Centralfängelset borde flyttas till randområden istället för att fylla otaliga värdefulla kvadratmeter av Helsingfors marker.

Brita Lagerstrand gick genom porten till området och visade något personkort i ett bås några meter innanför porten. Anna och jag stannade utanför porten vid skylten som sade att det var strängt förbjudet för obehöriga att komma till området. Vi såg henne försvinna i en av de stora barackliknande byggnaderna i rött tegel. Jag kunde inte låta bli att beundra det stora herrgårdsliknande gulmålade trähuset, där fängelsechefen säkert hade bott för över hundra år sedan. Hela området såg ut att ha gamla anor, likt Nylands brigad, där jag hade gjort min militärtjänstgöring för tusen år sedan.

"Varför har jag en känsla av att det vore betydelsefullt att veta vem hon har kommit för att besöka?" mumlande jag.

"Kanske hon gör något sorts psykiaterjobb åt fångarna?" föreslog Anna. "De har ju visst ofta mentala problem."

"Det är möjligt", erkände jag. "Men ändå."

"Kanske din polisvän kan göra någon datakörning av fängelsets interner och jämföra informationen med det vi vet om Brita Lagerstrand? För att se om det finns något samband?"

"Jag skall ringa Stefan imorgon", svarade jag.

"Vi lärde oss en viktig sak", sade Anna.

"Vaddå?"

"Att vi kan skugga misstänkta personer utan att de märker det. För Brita vände inte om sig en enda gång och jag är övertygad om att hon inte visste att hon hade en svans idag."

"Stämmer", erkände jag. "Kanske vi ändå borde lämna detektivuppdraget bakom oss för tillfället nu?"

"Och göra vad då?"

"Tillbringa kvällen hos mig med kvällsbit och vin, bara för att fira hur framgångsrika vi har varit ikväll i vår jakt efter nya ledtrådar."

"Det låter bra", sade Anna och vi vände oss mot Pauluskyrkan, vars torn skymtade mellan våningshusen. Och där min egen lya var.

Visst hade jag gjort promenader i Hermanstad tidigare och visst hade jag insett att området var ett fängelse. Och att det befann sig bara ett stenkast från mitt hem. Men först nu stod det helt solklart för mig att fängelset verkligen fungerade och att det innehöll farliga fångar.

Samhället hade bestämt att fångarna var någon som måste bort från samhällets blickar. Brita Lagerstrand hade dock brutit denna isolering, för hon hade kontakt med en av dessa fångar. Och den personen var nyckeln till mitt tillstånd. Det var jag övertygad om.

KAPITEL 13

Telefonsamtalet kom tidigt på morgonen. Eller man kan knappast kalla det för tidigt för de flesta arbetstagare hade redan anlänt till sina arbetsplatser. Jag däremot hade fortfarande bara ätit min morgongröt och borstat tänderna.

Mina tankar låg fortfarande i föregående kväll, då Anna och jag hade suttit på tumanhand på min soffa, tittande på ett billigt reality-tvprogram. Mina armar hade varit runt henne och vi hade varit mätta av quiche lorraine och sömniga av det röda vinet. Jag hade undrat för mig själv om jag borde be henne stanna över natten, men det kändes inte rätt att fråga det på det sättet. Det lät så planerat, då jag hellre ville bekanta mig intimt med henne på ett mera spontant sätt. Så det var med ett sorts vemod som jag hade följt Anna till hennes bostad under en gemensam kvällspromenad. Men vi skulle träffa varandra ikväll igen. Jag var fullständigt säker på att jag ville kyssa henne och jag var nästan säker på att hon ville kyssa mig också. Ikväll skulle det ske.

Telefonsamtalet var inte från Anna Tschäder. Min mobiltelefons skärm berättade att Stefan Rundberg hade något ärende.

"Borde jag vara orolig om polisen vill mig något?" frågade jag med ett avväpnande skratt.

"Orolig kanske, men inte för polisens skull", sade Stefans röst. "Det är faktiskt så att jag gjorde lite efterforskningar igår och gjorde ett litet fynd. Jag skulle gärna diskutera med dig om saken."

"Det låter intressant", sade jag uppriktigt. "Berätta!"

"Det låter kanske som en kliché", sade Stefan, "... men det är nog så att jag ogärna skulle diskutera det här över telefonen. Jag antar att du är i Helsingfors just nu, men finns det någon möjlighet att du skulle kunna komma hit till Ekenäs? Idag?"

Det var oväntat. Jag hade ingen lust att övernatta hos mamma igen, så här snabbt efter att jag senast hade använt hennes hem som knutpunkt för mina efterforskningar.

"Det tar inte lång tid", vidhöll Stefan. "Om du kommer med tåget så hinner du tillbaka till Helsingfors till kvällen med returtåget."

Det lät bättre. Jag ville inte offra min kväll med Anna Tschäder för något pris i världen. Men jag förstod nog att Stefan inte skulle begära detta, om det inte var viktigt. Eller till och med nödvändigt.

"Naturligtvis", sade jag. "Jag har all tid i världen. Om jag kommer med förmiddagståget borde jag vara i Ekenäs klockan 13."

"Bra! Om jag inte väntar på dig vid stationen, så finns jag i polishuset."

"Vi ses", bekräftade jag och avbröt samtalet.

Det lät allvarligt. Stefan var till och med beredd att komma till järnvägsstationen för att möta mig. Vad kunde han ha att berätta? Det var dock inte dags att fundera nu. Jag måste klä på mig och bege mig till Böles järnvägsstation för att hinna med nästa tåg till Västnyland.

Fanns det något annat som jag måste ta i beaktande innan jag åkte iväg? De indonesiskt kryddade, frysta grönsakerna som jag hade lyft från frysboxen till kylskåpet? Nej, de fick nog smälta i kylskåpet under dagen, så att jag fick göra en bami goreng åt Anna på kvällen. Stekt kyckling med nudlar, exotiska grönsaker och stark satay-sås gjord av jordnötter.

Något att vänta på. Både i Västnyland och här hemma.

*

Rälsbussen tuffade lugnt över åsens rygg utan att snömängderna bromsade dess framfart. Vi närmade oss Dragsvik och jag skulle snart vara framme i Ekenäs. Jag hade försökt ringa Anna för att berätta om min överraskande utflykt till Ekenäs, men hon hade inte svarat. Visst kände jag mig lite utelämnad när hon inte svarade, men jag förstod nog att hon inte kunde svara när hon var på jobbet. Hon hade ju andra samtal att ta emot i läkarreceptionen.

Tåget saktade in och det var dags att stiga av, för annars skulle det föra mig vidare till Lappvik eller Hangö. Plötsligt började en panikartad känsla bubbla i maggropen. Kanske det vore mycket lättare att bara fortsätta till Finlands sydspets och lämna Stefans sanningar vind för våg? Det var knappast något positivt som han hade att berätta. All kunskap ledde i längden till ett fördärv. Eller var det tvärtom?

Vad mina sinnen än ville säga mig, tvekade mina fötter att lyda. De förde mig till perrongen och den öppna planen framför stationen, där taxibilar väntade på inkommande tågresenärer. Där stod också en personbil med poliskårens traditionella färger. Stefan Rundberg viftade från sitt säte bakom ratten för att fästa min uppmärksamhet och jag steg in i bilen. Han var ensam.

"Stig in", uppmanade Stefan och jag satte mig bredvid chauffören.

"Hej", mumlade jag osäkert.

"Jag är på väg till Karis järnvägsstation och Billnäs. Om det passar dig får du skjuts till Karis, varifrån du får ta följande tåg tillbaka till Helsingfors. Om du inte hade tänkt stanna i Ekenäs förstås?"

"Det låter riktigt bra", sade jag. "Jag åker gärna tillbaka till Helsingfors till kvällen. Om du alltså tror att du har hunnit framföra ditt ärende innan vi är framme i Karis?"

"Det tror jag nog", sade Stefan och startade bilmotorn.

"Brukar inte polisen arbeta i par?" frågade jag. "Ifall det händer något?"

"Nej, inte alltid. Det här är rutinfrågor som jag skall ställa till järnvägspersonalen i anslutning till en stöld på en av tågturerna. Och i Billnäs skall jag bara bekräfta hur ett lås fungerar i en av fabriksbyggnaderna."

"Låter fascinerande", sade jag torrt.

"Tråkiga rutiner", sade Stefan. "Men ditt fall visade sig nog vara något annat än ett tråkigt rutinfall!"

"Du har stött på något", konstaterade jag.

"Absolut, och jag vill höra din åsikt innan vi gör ett beslut om en förundersökning."

"Berätta!" uppmanade jag när vi körde ut på väg 25 mot Karis.

"Vi diskuterade i förrgår den där narkotikahärvan, som dominerade hela fjolåret i Raseborg."

"Jag minns", sade jag även om jag ville glömma hela den obehagliga historien.

"Den är ju inte helt klarlagd, eftersom rättegången mot den västnyländska ansvarspersonen inte ännu har startat."

"Läkaren Åke Lövskog", tillade jag.

"Jag studerade filerna kring narkotikafallet ännu en gång och allt vi hade samlat om Åke Lövskog."

"Och?"

"Och jag stötte på namnet Brita Lövskog."

Alla motkommande bilar försvann från mitt synfält. Alla bilaffärer och fabriksbutiker längs vägen suddades ut. Jag såg ingenting.

"Åkes fru?" stammade jag.

"Hans syster."

"Vi har hittat ett motiv till varför hon vill mig illa", sade jag segervisst. "Jag är ju delvis ansvarig för att Åke blev fast. Även om jag aldrig ens har träffat honom."

"Sant", medgav Stefan. "Men det finns många luckor här, även om det börjar låta alltför intressant för att vara en slump."

"Hur så?"

"Brita ändrade namn från Lövskog till Lagerstrand för ett år sedan, långt innan våra knarkutredningar riktades mot Åke. Men främst av allt, hon kan ju inte ha vetat att du skulle söka upp just henne när du behövde en psykiaters hjälp. Det var du som gick till henne, och inte tvärtom."

"Brita kanske ändrade namn för att hon fick nys om broderns knarkaffärer. Hon gjorde beslutet att ändra sitt namn även om han inte var misstänkt för något ännu. "

"I varje fall funderar jag på att starta en förundersökning mot Brita Lagerstrand, före detta Brita Lövskog", konstaterade Stefan. "Det skulle alltså vara en delundersökning i anslutning till åtalet mot Åke Lövskog. Bara för att se om hon var inblandad i knarkaffärerna eller inte."

"Vad är det som hindrar dig?" frågade jag.

"Du", sade Stefan uppriktigt. "Jag anser fortfarande att du borde fråga Brita direkt vad det var för mediciner som hon gav dig och om det var avsiktligt. Jag tror fortfarande att det kan finnas en logisk, enkel förklaring till allt det som har skett mellan dig och henne."

"Du tror inte att det kunde vara farligt?" sade jag fundersamt.

"Du kan gott fråga det i någon annans närvaro. Eller du kunde ringa henne."

"Jag skall fundera på saken."

"Gör det. Och ring mig efter att du har diskuterat med henne, så kan jag göra ett beslut om en förundersökning efter det."

Jag svarade inte. Vi närmade oss Bäljars och det betydde att vi skulle svänga av från Hangöuddsvägen mot Karis järnvägsstation och centrum.

"Jag kan fortfarande inte hitta något annat motiv än att hon vill hämnas på mig."

"Det verkar så. Men det kan också finnas något som man inte märker vid första ögonkastet."

Jag mindes ett råd som jag en gång fick av en ung man. Att om man förflyttar tyngdpunkten från det uppenbara, kan det dyka upp helt oväntade motiv. I konspirationsteorier måste man ta i beaktande även det som inte pekas ut åt en.

"Känns det bra?" frågade Stefan och sneglade åt mitt håll.

"Hur så?"

"Att ha rätt. Det gick att bevisa att det låg något skumt bakom Brita Lövskogs namnbyte. Du är nog på väg att bli en bra privatdetektiv, Österfelt."

Jag kände mig varm. Det var oändligt länge sedan någon hade berömt mina arbetsinsatser.

"Gissar jag rätt om jag påstår att Åke Lövskog sitter häktad i Helsingfors centralfängelse i Hermanstad?"

"Absolut", sade Stefan. "Vanligtvis placeras häktade personer i Vanda fängelse, men Lövskog sitter undantagsvis där. Vi har massor att reda ut ännu kring narkotikahärvan och det är bäst för alla parter att han sitter där i väntan på rättegången."

"Vi skuggade Brita till fängelsets port igår", sade jag. "Brita håller alltså aktivt kvar kontakten till sin bror."

"Det låter också lite oroväckande", erkände Stefan. "Det är möjligt att det fortfarande finns knarkspår som Åke kan sopa undan med Britas hjälp. Vi blir säkert tvungna att inskränka besöksrätten till honom."

Mina tankar gick till Hubertus von Dunderholm och hans döda kropp i Rio de Janeiros favela-slumområde. Skulle det aldrig bli något slut på den här narkotikahärvan?

"Förresten, du sade vi", utbrast Stefan. "Betyder det att din brud var med dig när du skuggade Brita?"

"Ja, hon heter Anna. Och hon är kanske ännu mera äventyrslusten än vad jag är. Det var hon som ville att vi skulle skugga Brita."

"Det låter som en tuff brud. Håll fast i henne", uppmanade Stefan.

Borde jag berätta mera om Anna? Litade jag på henne så mycket att jag vågade hemlighålla hennes namn för polisen? Varje gång jag hade nämnt hennes namn, hade någon berättat något som fått mig illa till mods. Systrarna Åkerstrand, eller snarare paret Åkerstrand, hade någon minnesbild av Ingå-släkten. Mamma mindes något om den gamla tanten och hennes barnbarn, som mamma först hade trott att var en pojke. Var Anna bra för mig? Eller misstrodde jag henne bara därför att jag inte vågade tro på att något gott kunde ske mig?

"Hon heter Anna Tschäder", sade jag försiktigt.

"Det låter bekant", sade Stefan på det där fundersamma sättet som började irritera mig redan. Var det ingen som kunde tala klarspråk. Varför Tschäder var så bekant?

"Hon bodde med sin mormor i..."

"... i Snappertuna. Var det inte så?" avbröt Stefan.

"Ingå. Hon är 31 år."

"En yngre brud! Bra jobbat, Österfelt!"

Vi körde nedför Stationsbacken och vidare till järnvägsstationen. Stefan parkerade bilen vid stationsbyggnaden. Jag konstaterade att det var en halvtimme kvar tills nästa tåg skulle föra mig tillbaka till Helsingfors. Det var ingen idé att uppehålla Stefan längre från hans uppgifter så jag sade att jag gott kunde vänta på tåget. Stefan hade heller inga flera råd att ge mig och vi var överens om att jag skulle ta kontakt med Brita och därefter rapportera åt Stefan. Han nickade värdigt åt mig och försvann in i stationsbyggnaden, där han skulle ställa sina frågor till stationsmästaren.

Väntrummet var varmt och jag tog fram mobiltelefonen. Anna svarade inte nu heller. Irriterad följde jag med den stora väggklockans sekundvisare. Jag slöt ögonen men öppnade dem igen när någon steg in för att köpa en tågbiljett från automaten. Det vore töntigt om jag gav en bild av att jag sov på stationen.

Två tanter steg in. Den enas gångstil var vaggande och hon såg lite sjuklig ut. Jag hörde henne säga åt sin följeslagare att hennes systers mans syster var sjuksköterska och hon hade sagt att man borde gymnastisera mera. Den andra tanten sade att det behövdes nog en läkare för att ordinera en höftoperation.

Den där känslan igen. Den naggande känslan att jag borde veta mera än vad jag egentligen gjorde. Att jag borde kunna tolka situationer bättre om jag vore en bättre detektiv. Något som någon hade sagt. Varför retade den gamla tantens höftoperation mina sinnen?

Det kändes som om något var på kommande. Ett genombrott.

*

Genombrottet kom en trekvart senare. Tåget ven förbi Ingå station och jag såg de gamla tanterna diskutera intensivt. Konspirationsteorier, Annas berättelse från hennes ungdom, sjukskötare och läkare, psykiater och fångar samt ordet hämnd började äntligen få ett mönster i min hjärna.

Efter att mina telefonsignaler ännu en gång inte hade lyckats med att nå Anna, satte jag mig tillrätta i tågets säte och lät tankarna flyta. Mönstret blev allt klarare och jag suckade inom mig. Igen en gång hade jag varit på helt fel spår. Igen en gång hade jag koncentrerat mig på helt fel person. Igen en gång var sanningen helt annorlunda än vad det uppenbara lät antyda.

"Det var inte mig det var fråga om", viskade jag för mig själv för att låta orden sjunka bättre in.

Någons huvud vände sig i sätet framför mig. Kanske jag inte borde viska alltför högt. Jag tittade ut genom tågfönstret och såg bara vitt. Vinterskymningen började falla på och allt det vita började skimra blått. Som om landskapet serverade endast en sanning utan andra nyanser.

"Det var inte mig hon ville hämnas på."

Det var inte mera komplicerat än så. Det var inte jag som var i fokus även om det hade känts så.

Naturligtvis borde jag ha insett det tidigare. Eftersom det var omöjligt att Brita hade manipulerat mig att söka upp just henne, var hennes hämnd inte riktad mot mig. Eftersom Brita hade sökt sig till den arbetsplats, där Anna redan jobbade, var det snarare Anna som Brita siktade på. Men varför? Och hur? Eller var hon överhuvudtaget intresserad av Annas förehavanden?

När jag riktade mitt blickfång mot Anna, och allt vi hade sagt och gjort, började mönstret se lite annorlunda ut. Eftersom jag hade hört ordet läkare och sjukskötare i många sammanhang under de senaste dagarna, började jag para ihop de små informationssmulorna.

Stefan hade berättat att Åke Lövskog var läkare och att han hade utövat sitt yrke under en lång tid i Västnyland. Det var mycket möjligt att han i början av sin karriär hade jobbat som sjukskötare. Anna hade berättat att hon hade beskyllt en sjukskötare för att vara ansvarig för hennes mammas död för ungefär 25 år sedan, när hon var barn. Tänk om den sjukskötaren var Åke Lövskog? I så fall hade vi en direkt länk mellan Brita Lagerstrand och Anna Tschäder. Och ett motiv till hämnd.

Stefan hade sagt att Åke Lövskog hade blivit misstänkt för knarkaffärerna delvis därför att han hade ett förflutet med polisen. Kanske det förflutna var just fallet Tschäder, där Lövskog visserligen hade blivit frikänd, men det hade ändå varit en fläck under hans karriär.

Jag försökte ringa upp Anna igen. Hon svarade inte nu heller. Jag måste fråga henne om sjukskötarens namn hade varit Åke Lövskog. Efter att jag hade diskuterat med Anna och Brita, skulle jag få det bekräftat av Stefan att Lövskogs förflutna innehöll bland annat flickan Tschäders anklagelser.

Det måste vara så. Jag var övertygad om det. Samtidigt märkte jag att det blåa skimret utanför blev allt mörkare ju närmare vi kom Sjundeå och Kyrkslätt. Det var den ödesdigra stunden strax innan mörkret hade bestämt sig för att ljuset var någon som måste bort.

*

Tankspridd gick jag med axlarna hopkrupna genom betong-Böle. Nordanvinden ven mellan de gråa, höga våningshusen och verkade få speciellt hård fart vid husknutarna. Tåget hade varit exakt i tid vid Böle station och jag hade en lämpligt kort promenad till mitt hem. Psykiaterandelslaget befann sig mitt emellan Böle och Vallgård och jag undrade om jag borde stanna utanför dörren för att vänta på Anna.

Mobiltelefonens klocka meddelade dock att Annas arbetsdag var över, så det var ingen idé att vänta vid ytterdörren till läkarstationen. Men om hennes arbetsdag var slut, varför meddelade mobiltelefonen inte att den hade tagit emot något svarssamtal av Anna? Hon måste ju ha märkt att jag hade försökt ringa henne. Jag började bli oroad.

Lätt, torr nysnö började långsamt dala ner över den frusna staden. Massvis med snö hade skuffats åt sidan och ännu mera hade forslats bort. Det som hade blivit kvar på betongen och asfalten hade trampats till en hård beläggning och den var nu hal under den förrädiska nysnön. Jag halkade, men föll inte. Mobiltelefonen trillade ur min hand och landade mjukt i snödrivan.

När jag böjde mig ned för att plocka upp telefonen, började den plötsligt lysa och ljuset speglades i snökristallerna. Det lät som om snön sjöng min telefons rington. För en sekund trodde jag att telefonens knappar hade tryckts in under fallet och att den signalerade av sig självt, men det var fel antagande.

Telefonens skärm meddelade att Anna Tschäder försökte ringa mig och jag tänkte "Äntligen"!

"Nå hej, Anna", sade jag och försökte låta bli att låta irriterad, orolig eller lättad.

En olycksbådande tystnad följde. Jag tänkte just upprepa mig, då en metallisk, oidentifierbar röst sade:

"Jonas Österfelt?"

"Ja", svarade jag och började frukta det värsta.

"Jag har tagit Anna Tschäder i förvar. Hon mår bra för tillfället, men hennes välbefinnande är i dina händer. Om du inte lyder mina befallningar, ser jag till att hon skadas. Hennes liv eller död beror på dina egna val."

Det var nu som min yrkeskunskap som nybliven privatdetektiv vägdes. Jag stod öra mot öra med ondskan.

KAPITEL 14

"Sluta upp med teatern", fräste jag. "Jag vet att det är du, Brita Lagerstrand. Eller borde jag säga Lövskog?"

En olycksbådande tystnad följde.

"Du skall infinna dig ikväll i Antskog bruk, på parkeringsplatsen vid Slussvägen, klockan 19", sade rösten. "Så sluta upp med dina meningslösa analyser. De slösar bara bort din värdefulla tid."

"Hur skall jag komma dit, på bara två timmar?"

"Du hittar nog dina vägar. Det enda du behöver göra är att lyda. Du skall ta med dig dina hemnycklar och din mobiltelefon."

"Något annat?" muttrade jag samtidigt som mitt inre kokade. Av ilska. Av skräck. Av avsky.

"Du tar inte kontakt med någon. Varken via din mobiltelefon eller med några andra medel. Du får inte använda mobiltelefonens Internet, appar och snabbchat. Jag har möjligheter att kontrollera om du låter bli att lyda detta förbud."

"Om någon ringer?"

"Om detta nummer ringer, får du svara, annars låter du bli. Om det visar sig att du har varit olydig trots mina instruktioner, kommer Anna att lida. Det kommer inte att vara behagligt. Om jag ser det minsta spår av polis eller någon annan obehörig person i Antskog, får Anna omedelbart lida av det."

"Något annat?" upprepade jag.

"Var i tid. Annars avslutas Anna Tschäders unga liv."

Uppringaren avslutade samtalet. Mobiltelefonens skärm släcktes. Mina bara, frusna händer knep fortfarande hårt om telefonen. Mina ben bar mig långsamt mot min bostad.

Det hade varit Brita. Det var jag övertygad om. Hon hade använt sig av en röstomvandlare för säkerhets skull, ifall jag inte var ensam. Hon ville inte bli avslöjad. Det måste reta henne oerhört att jag hade berättat att jag kände till hennes identitet. Förhoppningsvis påverkade mitt avslöjande hennes planer på ett positivt sätt. Från min och Annas synvinkel.

Det var nu som min professionalitet sattes på prov. Jag måste hålla huvudet kallt och det var inte svårt i denna kyla. Jag måste samla mig och koncentrera mig på att ta mig till Antskog på bästa möjliga sätt. Inom två timmar. Allt annat saknade betydelse.

Antskog? Gode Gud, varför just Antskog? Jag hade ju just åkt av och an till Västnyland med tåg. Nu skulle jag igen dit. Under en och samma dag!

Anna! Hon måste vara utom sig av rädsla. Vad hade Brita gjort med henne? I Antskog, av alla ställen? Jag insåg dock att jag måste stänga Anna ut ur mina sinnen för att ha bättre förutsättningar att klara av mitt uppdrag. Jag måste låtsas som om det var en för mig okänd person som hade blivit kidnappad. Då den bortrövade betydde mycket för mig personligen, hade jag svårare att koncentrera mig på uppdraget. Det kunde locka mig att göra fel beslut i valsituationer.

Det var en självklarhet att jag måste ta bilen. Hur mycket jag än avskydde att köra i mörker. Och i vinterföre. Det fanns inget alternativ. Man kommer inte till Antskog med tåg eller buss. Lyckligtvis hade pappas gamla bil vinterdäcken påskruvade även om ingen använde bilen på vintern. Om jag mindes rätt fanns det tillräckligt med bensin i tanken också.

Två saker måste skötas innan jag kunde köra iväg. Jag måste koppla batteriet till motorn, för jag hade tagit bort den under hösten. Annars skulle batteriets kraft ha tömts under vintern. För det andra måste jag mata in bilens uppgifter i försäkringens databas igen. Annars skulle registreringen inte vara i skick. Lyckligtvis var det en kort rutingrej över nätet.

Jag småsprang över Backasgatan medan jag började kartlägga i mina sinnen den bästa rutten till Antskog bruk i Pojo socken i Raseborgs stad i västra Nyland. Det måste bli rätta val, för annars skulle jag förlora värdefull tid. Klockan tickade och mötet närmade sig med alarmerande fart.

*

Den hektiska motorvägen mellan Helsingfors och Åbo ersattes med ett betydligt lugnare tempo och jag lät min spända kropp slappna lite av. Jag fortsatte min färd längs Hangöuddsvägen på toppen av åsen och mitt mål kom allt närmare. För första gången på länge var det dock inte åsen strax innan Ekenäs som gällde, utan det var Lojoåsen. Lojo stad vilade nedanför åsen på min högra sida, men jag skulle inte vika av till den tätorten. Det var Antskog och ett okänt öde som väntade på mig.

Lyckligtvis hade bilen startat utan problem. Installationen av bilens batteri hade gått väl. Innan jag körde iväg hade jag funderat på att lämna en lapp på mitt bord om vart jag var på väg, men beslöt mig ändå för att låta bli. Det var oroväckande att blint följa min motståndares instruktioner, men jag hade ingen reservplan. Det fanns inte heller tid att göra något alternativt till det som jag förväntades göra.

Trots att jag var en oerfaren chaufför, och speciellt ovan vid vinterväglag, hade färden hittills gått väl. Trafiken vid utfarten från Helsingfors hade varit dräglig och väglaget relativt bra. Saltandet hade hållit motorvägen fri från halka, men istället hade smutsig slask spridits över vindrutan från bilarna framför mig. Strax efter Lojo minskade dock det problemet, när trafiken blev glesare. Jag lät en sista tvättskur spola över vindrutan och torkarna gned den snabbt ren.

Det var inte ofta jag åkte förbi Lojo, för tåget körde närmare kusten och det var längs det spåret som kustvägen 51 ringlade mellan Västnyland och Helsingfors. Eftersom Pojo och Fiskars befann sig rätt långt i inlandet, kunde man nå det närliggande Antskog bruk också norrifrån. Det skedde bäst via väg 186 mellan Ingå och Salo. När jag svängde av till Salovägen, märkte jag plötsligt att jag var i förtid.

Det var en halvtimme kvar till mötet klockan 19, och jag uppskattade att det bara skulle ta en kvart till Antskog. Ett plötsligt infall fick mig att vika av till Svartå bruk, vars skyltar plötsligt dök upp vid Salovägen. Hållsnäsvägen kantades av gamla, krokiga lövträd på samma sätt som infarten till Fiskars gjorde. Träden såg mörka och hotfulla ut på samma gång som de utstrålade livlöshet. Hela Svartå bruk verkade vara livlöst. Tyst och mörkt, utan varken fotgängare eller bilister längs bruksvägen.

Eftersom bruksvägen liknade Fiskars, kände jag mig lite bättre till mods. Som om jag vore hemma igen, i min trygga barndom. Utan arbetslöshet, illasinnade hämnare och kidnappningar. En sak var dock annorlunda. Svartå hade en brukskyrka, vilket Fiskars inte hade. Jag körde förbi kyrkan och svängde in på en tom parkeringsplats. De gamla bruksbyggnaderna i röda tegel skymtade bortom täta lövfria buskage. Svartå slott tornade upp ovanför mig, för parkeringsplatsen befann sig i en sänka bakom den gulmålade herrgården.

I den ödsliga tystnaden var det lätt att inbilla sig ljud som inte fanns. Jag tyckte mig höra dunkandet från stångjärnshammaren sedan århundraden tillbaka. Det lät som om arbetshästars hovar klapprade mot kullerstenar. I min fantasi hördes sorlet från hundratals arbetskarlar i överlånga arbetspass. Jag hörde brukets ljud på samma sätt som mina förfäder hade gjort, då de hade jobbat som smeder, dagsverkare, drängar och pigor på bruket. På sätt och vis var alla bruk likadana även om var och en hade sin egen särprägel. Vare sig de hette Fiskars eller Svartå.

Febrilt kramade jag om ratten även om jag stängt av bilmotorn. Min bil var det enda fordonet på parkeringsplatsen. Någon enstaka gatlykta lyste upp vägen bakom mig, men de avslöjade endast tomhet. Ingen syntes till någonstans. Varken lokala eller turister. Parkeringsplatsen var dock plogad, för även vintertid fanns det enstaka turister som irrade sig till bruket fastän det inte fanns några aktiviteter förrän på våren. Jag var övertygad om att Fiskars kändes lika öde, även om bruket hade lockat många nya fast bosatta invånare. Men både Fiskars och Svartå skulle bli fullspäckade med turister om några månader, det var inget tvivel om den saken.

Men Antskog då? Det mindre bruket var mycket mindre känt av besökare och det bruket hade betydligt färre fast bosatta invånare. Vad väntade mig där? Skulle någon ställa upp för mig om jag ropade på hjälp i den tysta omgivningen? Jag kände mig ensam och naken. Plötsligt slog det mig att jag inte hade klätt långkalsongerna på mig. Förhoppningsvis skulle det inte bli en situation utomhus.

Jag var orolig för det började kännas sannolikt att något dramatiskt skulle hända i Antskog. Anna hade upplevt våld, då hon mot sin vilja hade blivit förd bort från Helsingfors. Skulle även jag möta våld? Det kändes overkligt. Likt något som inte kunde hända mig. Jag hade upplevt besvikelser och depression, men det var en mental känsla. Efter att ha rett ut två detektivfall i Västnyland utan direkt våld, skulle jag nu möta någon med rentav ett vapen? Skulle tredje gången gillt bli ödesdigert för mig?

Mina tummar trummade nervöst mot ratten. Tio minuter kvar tills jag måste köra iväg för att hinna till utsatt tid i Antskog. Min instinkt sade att jag måste göra något. Gardera mig. Dela situationen med någon. Min första tanke var att ringa Stefan Rundberg. Han var polis och han måste ha yrkeskunskap om hur man skall tackla kidnappningar. Hur man kunde vara olydig gentemot kidnapparens instruktioner utan att alarmera honom eller henne. Hur man kunde rädda en gisslan utan att försätta henne i livsfara.

Men Brita hade förbjudit mig att ta kontakt med någon. Och hon sade sig ha medel att kolla om jag hade låtit bli att lyda henne.

Nervöst fingrade jag på min mobiltelefon. Brita kunde väl inte kolla mobiltrafiken? En psykiater hade väl inte makt att kontrollera om hennes patient hade ringt upp någon eller skickat ett textmeddelande åt någon? Naturligtvis inte. Hon hade krävt att jag skulle ta min mobiltelefon med mig för att hon skulle titta på de arkiverade samtalen. Om jag hade ringt någon eller tagit emot samtal under kvällens lopp. Det kunde jag inte kringgå för det gick inte att radera en samtalslogg utan att radera dem alla. Om alla samtal var raderade, skulle Brita alarmeras.

Men textmeddelanden då? Jag kunde radera enskilda utskick så fort det var skickat. Det vore väl en lösning. Fem minuter kvar. Med darrande fingrar skrev jag snabbt mitt meddelande.

"På väg till Antskog. Möter Anna Tschäders kidnappare klockan 19.00 på parkeringsplatsen. Ring inte, texta inte, kom inte. Ringer så fort jag kan. Jonas Österfelt."

Med ett snabbval lät jag textmeddelandet flyga iväg till Stefan Rundberg. Jag visste inte om jag ville att han lydde mig eller att han dök upp på platsen trots mitt förbud. Jag ville bara att allt skulle bli bra igen. Mina instinkter sade att jag skulle behöva Stefans hjälp förr eller senare. Därför måste han bli insatt i ärendet redan nu. För säkerhets skull lade jag mobiltelefonen i tyst läge, för att den inte skulle alarmera Brita under vårt möte om en kvart. Om Brita själv ringde utan att jag hörde det, skulle jag nog ändå se det, för telefonen skulle tändas och blinka på bilens fönsterbräde.

Med en nervös rivstart körde jag ut från parkeringsplatsen och blickade snabbt över brukskyrkan igen. Jag var inte särskilt religiös av mig, men det var nu om någonsin som jag behövde hjälp från högre makter. Mina tankar gick till Anna Tschäder och jag hoppades att allt var väl med henne.

Väl tillbaka på Salovägen märkte jag hur mörkt det var. Inte ens snömassorna lyckades lysa upp januarimörkret. Och jag var själv på väg till det mörkaste av det mörka.

Fiskarsvägen hade varit en ringlande mardröm om bilen hade haft sommardäck. Det hade varit rentav omöjligt att köra i de otaliga kurvorna utan ordentliga vinterringar. Jag kände ett starkt déjà-vu, som om jag hade kört längs en serpentinväg tidigare. Till min förvåning lyckades jag spåra känslan. Under en dröm hade John From upplevt ett livsfarligt uppdrag längs den vackra, men farliga vägen mellan Sorrento och Amalfi. Den drömmen hade slutat i en katastrof och jag hoppades att min verklighet skulle vara mera framgångsrik än hans. Fiskarsvägen var sämre skött än Salovägen, men jag klagade inte. Huvudsaken var att jag kom fram i tid.

En lång nedförsbacke och en vägskylt i desperat behov av målning avslöjade att jag hade anlänt till Antskog. En minut innan utsatt tid. Jag visste att parkeringsplatsen låg invid vägen, vid en gammal butikslokal i nedförsbackens djup. En enda väglykta lyste kraftlöst upp det lilla bruket, men jag såg omedelbart att parkeringsplatsen var tom. En panik sköljde över mig samtidigt som jag parkerade bilen. Med en snabb glimt tittade jag på min mobiltelefons klocka, som bekräftade att jag hade anlänt i utsatt tid.

Vad borde jag göra? Försöka ringa upp Annas nummer? Min instinkt sade att jag borde stiga ut och titta omkring mig. Ifall det uppenbara svaret fanns närmare än jag trodde. Jag tog mobiltelefonen, mina hemnycklar och bilnycklarna i min hand och steg ur bilen. Bilen gav ifrån sig ett klickande ljud, när jag låste den. Jag tittade omkring mig.

Som liten hade jag inte besökt Antskog särskilt ofta även om det befann sig bara några kilometer från mitt hem i Fiskars. Orsaken var att vi nästan alltid hade rört oss åt andra hållet när vi hade ärenden utanför Fiskars. Pojo och resten av Västnyland var söderut från Fiskars, medan Antskog var norrut. Redan under min barndom hade Antskog varit mera bortglömt och slitet än

175

vad Fiskars hade varit. Även nu var Antskog mera i periferin fastän Fiskars blomstrade igen som en turistort. Kanske det var orsaken till att inget såg ut att ha förändrats i Antskog sedan jag var liten.

Förutom väglyktan såg jag inte särskilt många andra ljusglimtar någonstans. Någon bodde i några av de gamla byggnaderna, för jag såg lampsken genom gardinerna. Invånarna var säkert vana vid att någon enstaka bortkommen turist brukade parkera sin bil i bruket även vintertid, så de skulle inte reagera på min bil. Men inga andra bilar syntes till någonstans. Och ingen människa heller.

På andra sidan Fiskarsvägen skymtade de industrihallar, där Antskog klädfabrik hade funnits i tiderna. Jag såg slitna bruksbyggnader i röda tegel och maskiner som jag inte visste vad de var för något. Jag lät dock bli att gå över vägen och gick istället mot ån. Där brukade enstaka turister promenera ibland, för de ville se den pittoreska dammen samt forsen. Snön knastrade olycksbådande under mina vinterkängor.

Och det var där som den stod. Den såg lika bortkommen ut som om en elefant plötsligt hade stått framför mig. Jag visste att det var dit jag skulle gå. Mitt på Slussvägen stod en svart paketbil. Den gick inte på tomgång, men de färska hjulspåren avslöjade att den inte hade stått där länge. Jag visste inte varför, men paketbilen såg också varm ut, så det var nog där som Brita väntade på mig. Och förhoppningsvis även Anna.

Paketbilens sidor hade inga fönster, så jag antog att Anna hölls fången där. Långsamt gick jag fram till förarhytten. Jag vågade inte gå till chaufförsidan utan tittade in i paketbilen från passagerarsidan.

För några timmar sedan hade jag stått öra mot öra med ondskan. Nu stod jag öga mot öga med ondskan. Ända tills nu hade en liten bit av mig undrat om sanningen var mera komplex än det som jag kommit underfund med hittills. Jag hade inte varit helt säker på att skurken i dramat verkligen var

Brita Lagerstrand, född Lövskog. Nu försvann de sista tvivlen. Kvinnan bakom ratten var verkligen Brita.

Tveksamt öppnade jag dörren och satte mig på passagerarsidan.

"Stäng dörren, Jonas", befallde Brita och jag lydde.

Ett litet fönster avskilde utrymmet i förarhytten från paketbilens lagerutrymme bakom oss. Instinktivt rätade jag på nacken för att försöka få en glimt om Anna befann sig i utrymmet.

"Nej!" röt Brita och jag satte mig tillrätta i passagerarsätet.

"Vad vill du av mig?" frågade jag med ett lätt darr på rösten.

"Lägg nycklarna och telefonen här", sade hon och pekade på facket bredvid växelspaken.

Min psykiater betraktade mig med en orubblig min när jag placerade sakerna dit hon ville ha dem.

"Du har inte kontaktat någon och ingen har kontaktat dig?" ville hon få bekräftat.

"Helt enligt instruktionerna", fräste jag.

Plötsligt fokuserades Britas blick på en punkt vid min sida, som om hon såg något utanför bilens fönster. Jag vände min blick från henne som för att försöka se vad det var hon såg.

Så fort jag hade vänt min uppmärksamhet från henne, sprakade något till och allt blev svart.

KAPITEL 15

En brännande vätska rann nedför min strupe och jag hostade till. Det tjänade ingenting till för starka händer höll om mitt bakhuvud. Jag försökte skaka av mig det som fick vätskan att rinna in i mig, men det bara fortsatte. Instinktivt försökte jag lyfta mina händer för att göra något, men de var fastbundna bakom min rygg. Paniken steg inom mig och jag tittade febrilt åt sidan.

Brita Lagerstrand höll mitt hår i ett stadigt grepp och tvingade mitt huvud bakåt. Jag insåg plötsligt att en tratt fyllde min mun och att Brita med sin andra hand hällde den brännande vätskan i tratten. Den smakade sprit och den fyllde min strupe och min magsäck hur mycket jag än försökte hosta upp drycken.

Plötsligt släpptes taget om mitt hår och tratten avlägsnades. Jag hostade ännu en gång och försökte bilda mig en uppfattning om var jag befann mig. Brita Lagerstrand satt bredvid mig med handen lyft som om hon var beredd att ge mig ännu en örfil.

"Vakna, Österfelt", väste min psykiater. "Jag behöver dig några ögonblick ännu. Även om jag var tvungen att använda den elektriska fösaren för att göra dig medvetslös under vår bilfärd."

Jag satt fortfarande i paketbilen, i passagerarsätet bredvid chauffören. Brita satt bakom ratten. Bredvid växelspaken mellan oss vilade en tom vodkaflaska och jag kände dess brännande smak i munnen. Jag hade ingen aning om hur länge jag hade varit medvetslös eller hur långt vi hade kört. Min nästa tanke fick mig att agera. Anna!

Min instinkt sade att Anna fanns i paketbilens utrymme bakom förarhytten. Jag tittade bakom mig men möttes av plåt. Ett litet glasfönster var den enda gluggen till förvarsutrymmet bakom oss. Febrilt klängde jag mig upp på sätet, trots mina bakbundna händer, för att få en glimt genom fönstret. Utrymmet var mörkt men jag tyckte mig se en gestalt halvligga på utrymmets golv. Gestalten rörde på sig när den såg mitt ansikte i det lilla fönstret och jag var övertygad om att det var Anna.

"Visst är det hon", mumlade Brita. "Titta bara. Det är det sista du får se av henne."

Orden sjönk in i mig. Var allt redan bestämt? Hade jag ingen möjlighet att påverka mitt öde? Annas öde?

"Vad är det du säger?" mumlade jag med en röst som jag inte kände igen. Vems var rösten om den inte var min? John Froms? Samtidigt började jag känna mig dåsig. Sömnig.

"Jag har lockat dig hit, för det är här som du måste dö", sade Brita dramatiskt.

"Här?" stammade jag och försökte titta ut genom paketbilens fönster. Jag såg bara mörker. Den vita snön lyste upp en plogad väg med enorma snödrivor vid vägrenen. Vi befann oss på en mörk parkeringsplats eller på en öppning strax intill vägen. Vid båda sidorna av vägen, bakom snödrivorna, fanns enbart mörk granskog. Ingen ljusglimt syntes någonstans. Skulle jag dö i en mörk skog?

"Vi befinner oss vid den långa, smala skogsvägen som leder till Lillböle gård", sade Brita som om det förklarade allting.

"Varför i all världen?" Jag mindes de otaliga gånger som jag hade cyklat till Lillböle från mitt barndoms hem i det närliggande Fiskars bruk. Den ringlande skogsvägen hade känts oändligt lång innan jag hade varit framme hos min vän Hubertus von Dunderholm på herrgården.

"Det är din vägs ände", sade Brita profetiskt. "Under våra sessioner har du förklarat att det är stället där dina mentala svårigheter började och därför kommer Lillböle att i framtiden förklara det brott som du har gjort. Lillböles betydelse för dig blev dokumenterat som ljudband under våra sessioner."

"Jag förstår ingenting", mumlade jag och började ge upp för dåsigheten. Tröttheten kröp på mig som om ett täcke drogs över mig av osynliga händer.

"Du kommer snart att somna in, Österfelt", förklarade Brita. "Därför skall jag snabbt förklara min hämnd så som den officiella sanningen kommer att bli. Det blir en behaglig död. Jag har blandat in sömnmedel i vodkan, så du kommer att somna in. Även om det blir lite kallt. Annas död blir inte lika behaglig. Jag vill att ni skall veta varför ni måste bort. För det är min hämnd för det ni gjorde åt min bror. Åke Lövskog."

Annas namn fick mig att stelna till och mina sinnen skärptes en aning. Tröttheten fick dock snart mina ögonlock att fladdra till igen. Det lät som om Britas röst kom från radion eller något annat ställe än från min omedelbara närhet. Kanske hon var i min dröm? Kanske allt detta bara var en mardröm? Skulle John From plötsligt dyka upp och knocka henne medvetslös? Skulle jag bli räddad i sista ögonblicket? Skulle John From rädda även Anna och försvinna med henne så som hjältar brukade göra med sina pangbrudar?

"Din kropp hittas om några månader, på våren, under den smältande snön. Några meter från din kropp hittas Annas lik. Det visar sig att hon har blivit strypt och att du själv har dött av sprit, sömnmedel och kyla. Den officiella sanningen blir att du har strypt Anna under en plötslig vansinnesattack. När du har insett ditt dåd har du lagt dig i snödrivan för att dö. Sprit och piller har hjälpt dig i ditt ödesdigra val."

Brita klappade om mina kinder som för att tvinga det oerhörda att sjunka in i mig. Jag ville reagera på något sätt men orkade inte. Mina händer lydde inte.

Mina fötter lydde inte. Jag vet inte ens om min blick var så hatfylld som jag ville att den skulle vara.

"Du hade kommit till Lillböle tillsammans med din flickvän för att komma tillrätta med ditt problematiska förflutna. Men strax innan ankomsten hade du fått det galna raseriutbrott som blev ditt och Annas öde. Det blir den officiella sanningen. Om polisen spårar dig och ditt förflutna till mig och våra sessioner, har jag ljudband som bekräftar din antipati mot Lillböle. Ljudbanden avslöjar också att du ville få kontakt med Anna Tschäder och att du till och med varit på träff med henne. Dessutom berättar du öppet om en paranoia att du skulle ha ett alter ego vid namn John From."

Min psykiater tittade på mig som om hon försökte tolka om jag fortfarande var mottaglig för hennes förklaringar. Hon tolkade min blick som om jag inte var helt besegrad ännu.

"Tack för hemnycklarna. Hemma hos dig skall jag sopa bort alla spår till mig, bland annat pillerburken som förhoppningsvis har förstärkt din paranoia under vinterns lopp. Jag kommer att placera ett självmordsbrev på ditt skrivbord. I brevet säger du att överlägsna John From kommer att röva bort din nyfunna brud, Anna Tschäder, och att du måste hindra honom från att göra det. Med alla medel. Därför måste du föra Anna till platsen, där dina demoner är som starkast. Och där måste du gå till de yttersta gränserna för att förhindra att Anna tas ifrån dig."

De sista orden blandades i en rörig dimma och jag började längta efter tystnaden. Jag ville inte höra mera. Innerst inne visste jag att jag borde kämpa mot känslan, men den var övermäktig. En del av mig observerade en rörelse men jag orkade inte svara. Brita Lagerstrand hade plötsligt försvunnit från mitt synfält och paketbilens dörr smällde fast.

En behaglig tystnad föll över paketbilens förarhytt. Utan häxans närvaro. Min blick följde skogsvägen åt båda hållen från det lilla, plogade sidospåret där vi befann oss. Platsen som skapats som en vändplats för den plogbil, som höll vägen fri från snö. Min blick såg inga ljus någonstans. Varken från Lillböle herrgård vid ena ändan av vägen, eller från Fiskars bruk i andra ändan av vägen.

Plötsligt öppnades dörren vid min sida och starka händer drog ut min slappa kropp. Fingrar trädde upp repet, som hade hållit mina händer bakbundna. Den friska vinterluften väckte mig ur min dåsighet och jag upptäckte att Brita släpade ut mig ur paketbilen. Jag hade redan tidigare märkt att hon såg stark ut, men hennes tag om mina händer var rentav övermäktigt. Med lätthet drog hon min kropp över snön. Som om jag vore en potatissäck.

"Jag tar hand om dig först, och därefter blir det Annas tur", mumlade Brita med en andfådd röst.

Halvsovande såg jag att hennes stövelklädda ben hade sjunkit in i snödrivan. Med ett stadigt tag lyfte hon mig och slängde min kropp mot toppen av snödrivan. Så fort jag hade landat, steg hon upp på drivan, och utan att tveka skuffade hon mig över på andra sidan så att jag rullade ned i diket. Det kändes som om jag vore i lågstadiet igen. De större pojkarna var i färd med att snödöpa mig under rasten.

Men vi var långt från ett lekfullt snöbollskrig i min barndom. Det här var en verklig fara och inte en lek. I min barndom hade jag försökt försvara mig, springa undan eller göra en motstöt. Nu var jag oförmögen till det. Jag var så trött att jag inte kunde göra någonting. Bara ligga i diket bredvid snödrivan. Och på drivan stod min motståndare bredbent och begrundade situationen i en sekund innan hon slog till.

Med en bred armslängd skuffade Brita ett stort omfång tung snö över mig. Snölasset hade knappt träffat min kropp så föll ett likadant lass till över mig. Det kändes som att bli begravd under en lavin, men det skedde inte under ett ögonblick utan utdraget långsamt. Snö träffade mitt ansikte och mina ögon.

Snö trängde in i min mun som om den försökte släcka den brännande spriten i min strupe. Kalla, våta snökristaller väckte mig ur min dvala, men jag kunde inte göra någonting. Jag låg som om jag vore förlamad. Antagligen var jag förlamad.

"När du kom till mig, kände du dig oduglig", sade Brita profetiskt. "Du var arbetslös och kände dig hjälplös. Jag hoppas dock att din sista tanke är att du var allt annat än oduglig. Ditt liv hade en viktig uppgift. Ditt namn kommer att för evigt vara förknippat med mordet på Anna Tschäder och ditt eget självmord. Du kommer inte att bli bortglömd."

Det sista jag såg var Brita Lagerstrands armar som frenetiskt skuffade allt mera snö över mig. Hon avtecknades som en mörk gestalt mot månskenet och grantopparna. Snön packades omkring mig så tätt att jag inte kunde röra mig. Jag höll på att bli levande begravd.

Och så blev allting vitt.

KAPITEL 16

Vitt. Vått.

Är jag vaken? Är jag medvetslös? Är jag överhuvudtaget vid liv?

Kallt. Iskallt. Bedövande.

Rörelse. Det vita rör på sig. Eller är det jag som rör på mig?

Den minimala fickan framför min mun innehåller inget syre längre. Jag håller på att kvävas. Om jag får panik, behöver jag mera utrymme för att hyperventilera. Det utrymmet finns inte.

Jag har blivit begravd under ett snöskred. För en tid sedan befann sig John From i Schweiz. I Alperna. Där lavinerna finns. John From är jag. Finns det ett samband? Är Jonas Österfelt död och begraven?

Rörelsen är närmare. Frenetisk.

Något mörkt dyker upp framför min näsa. Något vått. En nos. Något krafsar på min arm. Djurklor. En tass.

Mina ögon möter ögon. En hunds ögon. En ljusbrun golden retrievers håriga nos.

Var det inte St Bernhardshundar som grävde fram lavinoffer i Alperna?

Hunden ser bekant ut? Den blir utom sig av iver när den hittar mig. Den krafsar undan snön allt snabbare. Hundens tunga vispar över mitt ansikte utan att jag kan göra något åt det. Blött igen. Men denna gång är det blöta varmt.

Sissi! Jag vet att hundens namn är Sissi. Jag träffade den för ett år sedan i samband med en mordutredning. En mördarhund? Vad gör den här? Vad gör jag här?

Bakom Sissi dyker någons händer upp. Någon har hittat mig.

"Jag har kommit för att rädda dig."

Sissi har kommit för att rädda mig och jag kan ge efter. Jag kan låta mörkret komma.

Och ju mera av det vita som sopas undan från mig, desto mörkare blir det.

*

Skakande. Jag skakar av kyla fastän en uppvärmd filt täcker min kropp. Jag skakar för jag transporteras i snabb fart. Mina trötta ögon vacklar omkring och jag försöker få en uppfattning om vad som sker.

Apparater. Utrustning. Jag ligger i en välutrustad bil, som ilar framåt.

Världen utanför bilens fönster ser ut att röra på sig, medan jag ligger stilla. Gatlampornas sken pilar förbi utanför fönstret. Lampskenet avslöjar trädgrenar, som böjs av snö samt byggnader, som tyngs av snö. Jag avskyr snö.

En av byggnaderna ser ut som Könniklockan på Fiskars legendariska klocktorn. Är jag i Fiskars? Mitt barndoms bruk, där inget ont någonsin skedde? När man har besökt de yttersta gränserna, brukar man återvända till platsen, där allting började. För mig började allting för 44 år sedan i Fiskars. Är det här som allting kommer att sluta 44 år senare?

Körs jag genom mitt barndoms bruk på samma sätt som pappas stoft flöt i Fiskars å ett halvt år tidigare? Efter att vi hade strött hans aska i Degersjön i Opp-i-bruket?

Det blåa, blinkande skenet tyder på det. Bilen som kör mig mot mitt öde, meddelar hela bruket att 44 år har kommit till vägs ände. Med sina blåa lyktor. Men vad betyder 44 år för ett bruk, som har en dokumenterad historia på över 350 år?

Ambulanschauffören kör snabbt men säkert genom tunneln vid Borgby träsk, mot Pojo, Karis och gudvetvad. Jag har ingen aning om var närmaste akutmottagning finns nuförtiden. Någon sitter bredvid chauffören, medan ag har sällskap av all tänkbar teknisk utrustning.

Fel. Även jag har sällskap av någon. Värme strålar från min hand mot min kropp. Någon håller i min hand.

Min blick möter Anna Tschäders. Hennes vaksamma ögon har följt mitt uppvaknande. Hon tittar på mig med oro, styrka och säkerhet. Hon utstrålar all den värme som jag behöver. Annas blick lovar mig det enda jag behöver. Hon har kommit för att rädda mig. Hon är min framtid. Jag låter mitt bakhuvud vila mot bädden och jag tillåter avslappnandet att övermanna mig.

Jag har återvänt hem.

KAPITEL 17

"Så det är här som du blir ompysslad", sade Stefan Rundberg och tittade omkring sig i mitt sovrum.

Jag var inte helt säker på vad det var han syftade på, men jag log till svar. Och visst hade jag fått god vård. Anna hade sagt att hon var en utbildad sjuksköterska och det märktes. Med präktiga tag hade hon sett till att jag hade allt som en patient kunde behöva. Utöver det hade hon emellanåt lagt sig bredvid mig och jag hade fått njuta av hennes värme, diskussionsämnen och avslappnande skämt.

För stunden var hon i köket och mosade de mjukkokta lökarna och morötterna, som skulle göra kycklingsoppan lite tjockare. Ännu vågade vi oss inte på särskilt svårsmälta, stora matbitar i portionerna och absolut inte kryddstark mat. På akutmottagningen hade jag för säkerhets skull utsatts för magpumpning, för ingen kunde bekräfta vad allt Brita hade tvingat i mig. Förutom den flaska sprit, vars rester fortfarande brände i min strupe.

Min räddare, konstapel Rundberg, tittade ut genom fönstret på huvudstadens myller. Jag insåg plötsligt att Stefan aldrig hade besökt min bostad tidigare. Kanske han inte reste särskilt ofta till Helsingfors. Orangefärgade, blinkande lyktor reflekterades i fönsterrutan och jag förstod att de motoriserade snöskuffarna fortsatte sitt tröstlösa jobb på trottoarerna.

"En sjujäkels vinter", grymtade Stefan och satte sig på stolen bredvid min sjukbädd.

Han hade rest till Helsingfors för att dela med sig allt han visste om fallet Brita Lagerstrand, alias Brita Lövskog. Sjukhuset hade skickat mig hem och jag var sängliggande tills vidare. Så det fanns ingen annan nöd för Stefan än att resa till mig. Och nu var det dags att knyta ihop alla lösa ändor och ge svar på alla frågor.

"Jag förstår att din röst inte håller helt ännu", sade Stefan och jag nickade. "Det är bäst att jag för ordet och du fyller i så mycket som du kan", fortsatte han.

"Och även jag fyller i luckorna", tillade Anna, som dök upp i rummet. Hon hade tagit med sig en stol från vardagsrummets matbord och hon satte sig på den vid min säng.

Anna lade sin handflata på min panna för att konstatera om jag hade feber eller inte. Hon såg nöjd ut och även jag kände mig bättre. Febern hade sjunkit avsevärt sedan de värsta sviterna av min lunginflammation. Mina övriga souvenirer från hypotermin i Västnyland var snuva och sjuk hals. Men jag höll på att krya på mig. Utan några bestående men. Till och med köldskadorna på min hud väntades bli helt läkta.

"Jag tror att det är bäst att vi tar hela historien i tidsföljd", konstaterade Stefan. "Så som den utvecklade sig samt vad som kommer att ske härnäst."

"Det låter bra", sade Anna och även jag nickade.

"Det mesta baserar sig på mina förhör av Brita", sade Stefan. "Jag har bekräftat en del i samband med ytterligare förhör med hennes bror, Åke Lövskog. Allt verkar härstamma från det faktum att Brita har ett starkt förhållande till sin lillebror. Hon har velat skydda honom och när hon misslyckades med det, såg hon inget annat råd än att hämnas på dem som gjort honom illa."

"På mig och Jonas", konstaterade Anna.

"Bland annat. När Åke mobbades i skolan, var det storasyster Brita som slog mobbarna gula och blåa. Oförklarliga olyckor drabbade dem som gjort pojken illa. Deras cykeldäck punkterades och allergiker blev på konstiga sätt utsatta för allergener även om man gjorde allt för att undvika farliga ämnen."

"Och vår gemensamma historia började för nästan 30 år sedan", tillade Anna. "Lilla, naiva jag beskyllde en ung sjuksköterare för att ha orsakat mammas död. Naturligtvis hade han inte gjort det, men jag var så förvirrad att jag ville se vem som helst som ansvarig för det som hade hänt."

"Den unga skötaren var Åke Lövskog", fortsatte Stefan. "Han praktiserade vid alarmtjänsten och han tillkallades till Ingå, där din mamma hade skadat sig. Han kunde inte rädda henne och han fick jobba hårt för att frikänna sig från dina anklagelser. Man ville ju tro att en liten, oskyldig flicka hade rätt och att en oerfaren skötare hade gjort fel. Både Åke och Brita var i 20-årsåldern vid det laget."

"Det som räddade mig från Brita Lövskogs raseri var att jag drog tillbaka anklagelserna."

"Det var också en annan sak. Processen sporrade Åke Lövskog att fortsätta sina studier inom medicin och han blev läkare. Under många år var han en framgångsrik allmänläkare i Västnyland. Det faktum att han lyckades svänga bakslaget till sin fördel, bromsade Britas behov av att hämnas på familjen Tschäder. Själv började hon studera psykologi och efter några år blev hon terapeut."

"Det var ingen slump att hon valde det yrket", mumlade jag bittert. "Hon måste ha insett själv hur vansinnig hon var och hur snedvridet hon förhöll sig till sin bror."

"Åren gick", fortsatte Anna. "Och vi vet hur det fungerar i Raseborg och i alla andra småstäder. Även om någon blir frikänd, finns alltid antydningarna kvar. Skvallret ekar och man spekulerar. Tänk om han ändå var skyldig till det som han anklagades för?"

Plötsligt mindes jag att Klara hade tyckt att Brita sett bekant ut. Det måste ha berott på att Brita liknade sin bror Åke Lövskog. Och medan Åke fortfarande var läkare hade Klara säker via sitt yrke stött på honom då och då.

"Händelsen i Ingå glömdes dock bort och eftersom Åke ansågs vara en bra läkare, talades det inte om fallet längre", sade Stefan. "Hans stämpel och förhören av honom fanns dock kvar i bakgrunden. Som protokoll från Annas beskyllningar."

"Tills allt blossade upp igen ifjol", rosslade jag med min svaga röst. Jag började inse ett och annat nu. Bland annat min egen roll.

"För ett år sedan kom Brita Lövskog underfund med att hennes bror, läkaren Åke Lövskog, extraknäckade som knarkhandlare i Västnyland. Via sina smugglarkontakter i Brasilien lät han knarket flöda in i regionen."

Stefan Rundberg tystnade och lät det enorma sjunka in. Jag mindes alltför väl mitt första detektivuppdrag i västra Nyland.

"Brita förstod att de stod vid stupets kant", sade Anna dramatiskt. "Hon försökte få Åke att sluta med sina affärer så länge de inte var avslöjade. Hon gjorde allt för att övertala honom, men han vägrade lyssna på henne."

"När han vägrade lyda henne, bröt hon kontakten med honom", sade Stefan hårt. "Brita beslöt sig för att skydda sig, för hon visste att han skulle bli avslöjad förr eller senare. Hon bytte namn så att hon inte skulle förknippas med Åke. Hon blev Brita Lagerstrand."

"Och samtidigt som hon började leta efter en ny plats att praktisera sin psykoterapi, skedde det oundvikliga."

"Åke avslöjades och polisen haffade honom", sade jag bistert.

"Det var i början av september", sade Stefan. "Och då skedde många saker på en gång. Britas skyddsinstinkt väcktes igen. Hon ville omedelbart hämnas på dem som hade velat Åke illa. Eftersom det var ett narkotikafall, förväntades speciellt noggranna utredningar. Åke hölls i häktet länge utan att han ställdes inför rätta. Inga detaljer i fallet bekräftades i varken press eller av polis. Brita började lyssna på det västnyländska skvallret."

"Någon kände någon som kände någon...", viskade jag med halvslutna ögon.

"Någon antydde att det var det gamla Tschäder-fallet, som hade fäst polisens uppmärksamhet på Åke och att han därmed hade avslöjats som den västnyländska länken i knarkfallet."

"Brita trodde på teorin och hennes hat gentemot mig började växa igen, efter alla dessa år", konstaterade Anna.

"Hon tog reda på var du jobbade och hon följde efter", sade Stefan med en blick på Anna. "Hon köpte in sig i andelslaget och etablerade sig som psykiater på läkarstationen, där du jobbade."

"Hon låtsades som om hon inte kände igen mig och officiellt var hon Brita Lagerstrand åt alla medarbetare, patienter och kunder. Hon placerade en okänd Lagerstrands dödsannons på sitt skrivbord för att lura alla att hennes namn alltid hade varit Lagerstrand. Dessutom dolde hon sitt Lövskog-namn på sitt psykiaterdiplom. I själva verket hade hon kommit till läkarstationen för att smida planer mot mig. Hon hade inte bråttom, utan lät en plan utformas i lugn och ro. Allt medan hon väntade på rättegången mot Åke."

"Och så en dag nådde skvallret till hennes öron igen", tillade Stefan dramatiskt. "Någon skvallrade att det hade varit en privatdetektiv vid namn Jonas Österfelt som hade avslöjat knarkfallet i Västnyland. Brita Lagerstrand förstod att det var du som var ansvarig för att Åke hade blivit avslöjad och arresterad. Men det minskade dock inte det ansvar som Brita ansåg att Anna bar på."

"Och så skedde det oerhörda", viskade Anna som om vi berättade en spökhistoria.

"I början av oktober dök mitt namn plötsligt upp på hennes lista över inbokade patienter", sade jag hest och en våldsam hostattack bromsade effektivt det fantastiska avslöjandet.

"Hon kunde inte tro sina ögon när hon såg patientlistan", sade Stefan. "Först trodde hon att det var en fälla. Att polisen försökte få henne fast för någonting, som hade ett samband med Åkes knarkaffärer. Hon beslöt sig dock för att spela med. Hon tog emot dig på mottagningen som om du vore vilken patient som helst. Även om du hade en speciell betydelse för henne utan att du visste om det."

"Efter mina första besök var hon dock övertygad om att jag verkligen behövde terapi", sade jag. "Det var helt enkelt en slump att hon befann sig på just den läkarstation, som var min närmaste. Det bara råkade sig så att jag tog kontakt med just den stationen."

"Och det var då som hon började smida sin plan på hur hon skulle hämnas på er båda", fortsatte Stefan. "Hur hon skulle slå två flugor i en smäll. Det mest logiska var att skapa en situation, där Jonas i sin instabila sinnesstämning gjorde Anna illa, och därefter begick självmord."

"Att jag blev romantiskt intresserad av Anna var en bonus i Britas planer. För henne hade det räckt med att hon kunde koppla Anna till mig som ett samband i form av mina psykiaterbesök."

"Under era terapisessioner såg hon till att det blev en länk mellan dig och mig", sade Anna med blicken vänd mot mig. "Hon lyckades skapa en träff mellan oss. Och det var ju faktiskt en oväntat trevlig framgång för oss båda!"

"Hennes mål var inte att ni skulle bli ett par", sade Stefan beskt. "Det räckte att hon fick det dokumenterat på sina ljudband att du hade bjudit henne på en träff, Österfelt. Vare sig om Anna tackade ja eller nej, skulle det stöda antagandet att hon skapade ett vredesutbrott i dig. Och att det blev ödesdigert för er båda."

"Hon editerade ljudbanden från era sessioner så att de inte innehöll hennes antydningar eller något sådant som visade på att hon försökte försämra ditt tillstånd", fortsatte Anna. "Hon visste att ljudbanden kunde användas av myndigheterna när man väl började nysta upp orsakerna till din och min död."

"Och under hela terapitiden matade hon i mig piller som gjorde att jag mådde allt sämre", sade jag. "Genom att bre på med fantasifiguren John From lyckades hon göra mig allt mera förvirrad. Tills Anna lyckligtvis började ana ugglor i mossen."

"Under er terapi förstod hon att Lillböle hade en speciell betydelse för dig. Hon började planera slutakten till Lillböle i Fiskars för att ditt slutgiltiga vredesutbrott skulle få en ännu bättre förklaring."

"Okay, vi kommer till dagen då allting hände", mumlade jag. "Hur hade hon planerat att allt skulle ske? Och vilka var planens svaga punkter?"

"Brita ansåg det vara viktigt att hon inte blev förknippad med er död på något sätt. Därför var det viktigt att era lik hittades först en lång tid efter att ni hade försvunnit. Och så, under den sällsynt snöfattiga december började hon smida planen, som var beroende av att det skulle bli ett ordentligt snöfall även detta år."

"Och i januari snöade det med besked", sade jag och harklade mig. Jag var övertygad om att jag skulle avsky snö resten av mitt liv.

"Hon behövde bara vänta lite till", fortsatte Anna. "Plogbilarna måste skapa stora snöhögar längs den lilla skogsvägen till Lillböle så att hon lätt skulle kunna begrava oss. Och sedan slog hon till."

"Den dagen hade Brita tagit ledigt från jobbet. Hon hyrde en paketbil och körde alldeles intill ytterporten till det husbolag, där Anna bodde. Brita bar på döljande kläder och hon hade smutsat ner registerplåten till paketbilen, ifall fordonet skulle fastna på en övervakningskamera. Hon visste med tio minuters säkerhet när Anna skulle gå genom porten för att ta sin morgonpromenad till jobbet. Men en omärklig gest slogs Anna medvetslös av den elektriska fösaren och Brita lyfte in henne i paketbilen. Anna bands och försattes med munkavle för medvetslösheten var inte långvarig."

"Vad gjorde Brita med Anna hela dagen?" frågade jag. "Det tog åtskilliga timmar innan hon ringde upp mig på kvällen."

"Hon väntade helt enkelt på att det skulle bli mörkt ute", svarade Anna. "Hon körde långsamt till Lojo, där vi tillbringade många timmar. Brita skaffade rep och föda. Hon ville minska på risken att paketbilen eller någon av oss skulle bli igenkänd i dagsljuset i Fiskars. På eftermiddagen parkerade hon paketbilen i ett mörkt hörn av parkeringsplatsen i Fiskars och i skymningen gick hon till Lillbölevägen för att bekräfta att allt var som det skulle inför den sista akten, när Jonas skulle anlända."

"Allt var som det skulle och hon lockade mig att komma till mötesplatsen klockan 19, när vintermörkret hade fallit på", sade jag tankfullt.

"Jag tror att den största risken i Britas plan var Lillbölevägen", tillade Stefan. "Vad hade hänt om någon hade kört längs den vägen, då paketbilen stod vid sidan av vägen? Eller om en bil hade kört förbi just då hon höll på att fälla snö på dig?"

"Hon hade faktiskt tänkt på det", sade jag och mindes en diskussion som jag hade fört några dagar tidigare. "Den enda som i praktiken använder Lillbölevägen är Lillböle gårds disponent, Alvar Nordsund. Brita låtsades faktiskt en dag vara en telefonförsäljare och hon ringde upp honom. Med listiga frågor om hans konsumtionsvanor luskade hon ur honom viktig information. Som att han sällan brukade lämna herrgården om kvällarna, och att få personer brukade besöka honom. Hon bedömde därmed risken som väldigt liten att någon skulle överraska oss under den korta, dödliga stunden vid snöhögarna. Och det var också en av orsakerna till att hon ville göra dådet på kvällen, när Alvar hade slutat jobba."

"Trots detta var det lättast att kidnappa mig på morgonen, när jag var på väg till jobbet. Kostnaden för det var många timmar av väntande tills kusten var klar att ringa upp dig, Jonas."

"Och under dagens lopp hade jag kommit allt närmare sanningen under min utflykt till Ekenäs", konstaterade jag.

"Brita blev verkligt orolig när du avslöjade hennes identitet över telefonen", sade Anna förnöjt. "Trots att hon försökte dölja sin röst, ifall någon annan lyssnade."

"Men det ändrade inte på planerna. Hon lockade mig till Antskog, där hon knockade mig och förde mig till Lillbölevägen och min tilltänkta grav."

"Men innan dess var du så pass klok att du skickade en varning till mig som ett textmeddelande", sade Stefan. "Och till allas vår lycka befann jag mig i närheten, i Sannäs, varifrån det var en kort körning till Antskog."

"När du kom fram, hade Brita dock kört iväg med oss och paketbilen redan?"

"Alldeles", svarade Stefan. "Jag upptäckte naturligtvis genast din bil, Jonas. Din tomma bil. Jag såg också intressanta fotspår och hjulavtryck i den nyfallna snön. Det var lätt att förstå att du hade gått från din bil till en parkerad paketbil, som sedan hade kört iväg. Jag kunde till och med dra slutsatsen att paketbilen hade kört iväg mot Fiskars-hållet. Så det var bara att följa efter."

"Hur förstod du att hon hade svängt in på Lillbölevägen?"

"Då jag närmade mig Fiskars, kom en motionär med sin hund gående längs vägen. Jag stannade upp och frågade honom om en paketbil hade kört förbi några minuter tidigare. Eftersom han sade nej, drog jag slutsatsen att bilen hade kört av vägen innan Fiskars. Jag kunde inte tänka mig någon annan väg mellan Antskog och Fiskars än Lillbölevägen, så jag körde dit."

"Och han tog Brita på bar gärning just då hon var i färd med att strypa mig", konstaterade Anna med härjade ögon. "Spelet var förlorat för hennes del. Hon gav upp utan motstånd."

"Men hon vägrade samarbeta, då jag krävde ett svar på var du fanns", sade Stefan bistert med sin blick på mig. "Antagligen såg hon det som sin sista möjlighet att avkräva sin hämnd. När jag såg snöhögarna och den tomma vodkaflaskan och din mobiltelefon, räknade jag nog ut att Brita hade lämnat dig någonstans att dö. Men jag hade ingen aning om vart. Och det fanns ingen tid att börja leta mitt i vinterkylan. Och Anna hade inte sett vart du hade blivit begraven."

"Och det var då som den räddande ängeln kom", sade Anna med tindrande ögon.

"Motionären hade blivit nyfiken och kom gående med sin hund längs Lillbölevägen", konstaterade jag kort.

"Hur kunde du räkna ut det?" frågade Stefan förbluffat. "Ja, kanske du minns att hunden grävde fram dig."

Jag mindes Piggman och hans golden retriever-hund Sissi, som hade spelat en viktig roll under mitt första uppdrag i västra Nyland ett år tidigare. Jag mindes min nedkylda tillvaro, då Sissis nos plötsligt hade dykt upp i snön, som omgivit mig.

"Min instinkt sade att jag måste peka på din mobiltelefon, låta Sissi lukta på den och sedan ge den befallningen "Sök!" Hunden löd omedelbart, och störtdök i snön bakom den högsta högen." Anna lät stolt när hon mindes den ivriga hunden, som otåligt hade knyckt i kopplet.

"Hunden räddade ditt liv", sade Stefan.

Det kändes omöjligt att förstå. Efter allt som hade hänt och efter alla mina undersökningar. Piggmans hund Sissi hade räddat mitt liv. Ingen annan hund, utan just Sissi av socknens alla hundar. Men, varför inte? Jag hade upplevt många andra konstigheter den senaste tiden.

"Efter det gällde det att hålla dig varm tills ambulansen anlände", sade Anna. "Själv var jag i gott skick. Brita hade inte hunnit lägga händerna om min hals ännu. När ambulansen kom, åkte jag med dig medan Stefan stannade för att vakta Brita tills en rätt utrustad polisbil dök upp."

"Piggman har säkert berättat hela historien redan, och hela socknen vet vad som hände på Lillböle", sade Stefan barskt.

"Jag tvivlar på det", svarade jag hest. "Mamma skulle vara den första som hör allt skvaller och hon har inte ringt upp mig ännu. Det kan bara betyda att Piggman har hållit tyst."

"Förmodligen", erkände Stefan. "Och Alvar Nordsund också. Han kom till platsen, då han hade hört allt rabalder samt sett de blåa, blinkande ljusen ända till herrgården."

"Vi får se hur historien urartar sig härefter", sade Anna tankfullt.

"Vad kommer att ske med Brita Lagerstrand, eller Brita Lövskog?" frågade jag svagt.

"Jag tog henne på bar gärning. Det var ett grovt försök till dubbelmord. Det råder inget tvivel om att hon kommer att bli dömd och att hon kommer att sitta inne i årtionden. Till och med Finlands rättsväsende måste förstå hur allvarligt och överlagt hennes dåd var."

Stefan lät arg, men hörde jag något cyniskt tvivel i hans röst? Hade han sett alltför många brottslingar gå fria med alltför lätta straff?

"Både Åke och Brita Lövskog kommer att avtjäna långa straff", upprepade Stefan. "På mäns respektive kvinnors fängelse. Men det jag såg av Brita bådar nog inte gott. Som psykiater har hon nog kapacitet att bli en maktfigur i fängelset. Hon är dessutom fysiskt stark så jag tror att hon kommer att klara sig bra bland de andra fångarna. Alltför bra. Hon har dessutom ett långt minne, så jag tror nog att vi får följa med hennes förehavanden väldigt noggrant även efter att hon har avtjänat sitt straff. Alla mina instinkter säger att hon är en farlig människa och att fängelset tyvärr inte kommer att göra henne mindre farlig."

"Du har säkert rätt", sade jag med en obehaglig känsla. Jag tänkte på alla de stunder som jag hade blottat mina innersta tankar och mina mest dolda känslor. Jag hade litat på henne och under varenda sekund hade hon bara supit in all information med ett enda mål: hur hon skulle använda informationen mot mig. Hur hon skulle skada mig med det som jag förtroligt hade berättat för henne. Hon måste vara fullständigt genomrutten för att hon klarade av att konspirera så totalt mot sin egen patient. Det fanns en risk för att det ruttna skulle bli allt mera ruttet under ett fängelsestraff och att hon skulle vara sjufalt farligare när hon blev frigiven.

Men jag fick inte oroa mig för det ännu. Hon skulle inte få hemsöka mina mardrömmar. John From skulle nog se till att hon fick ett gruvligt öde. Om jag lät Brita Lagerstrand krypa in i min själ även om hon skakade galler, skulle hon ha fått just den hämnd som hon hade velat få. Få mig att känna fruktan. Det skulle jag inte unna henne.

"Arrrgh", ropade Anna plötsligt till och hon sprang snabbt till köket. "Soppan!"

"Det kanske blir något annat än kycklingsoppa ikväll", sade Stefan med ett leende.

"Vad hon än bjuder på så är det nog gott", sade jag glatt.

"Du är nog en verklig turknutte", sade Stefan med lite avund i rösten. "Och jag menar inte bara fröken Tschäder."

"Det skulle ha kunnat gå verkligt dåligt i Fiskars", sade jag lågt. "Har du något råd att ge en oerfaren privatdetektiv? Skulle jag ha kunnat göra något annorlunda?"

"Kidnappningsfall är besvärliga", suckade Stefan. "Det finns ingen handbok för dem. Det är alltid bäst att granska dem utifrån motivet. Om motivet är lösensummor och pengar, har man makt över brottslingen så länge pengarna inte är överlämnade. Men om motivet är hämnd, kan vad som helst hända. Även om man lyder brottslingens instruktioner. Därför måste man gardera sig. Och det gjorde du med ditt textmeddelande. Tur för oss alla."

Jag tittade bort från honom. Dagsljuset gled in genom fönstret och det kändes som om de viktigaste sanningarna låg utanför mitt sovrum. I den friska luften. Mitt hem hade skyddat mig från så mycket och det var uppenbart att jag visste alltför litet om världen utanför. Ingen hade någonsin försökt döda mig tidigare. Upplevelsen var verkligen uppväckande och skrämmande. Som arbetslös hade jag känt mig överflödig. Som om jag var en börda för samhället. Nu hade någon verkligen försökt få mig bort från planetens yta. Men nu var jag mera än någonsin övertygad om att jag hade en plats i samhället. Om jag inte hade någon annan betydelse, så var det för att bevisa att Britas ageranden hade misslyckats. Hennes önskan att röja mig ur vägen var fel.

Att lösa mordgåtor var inte längre något spel. Speciellt då jag fått veta hur det kändes att bli föremål för en mordkomplott. Hade jag trott att detektivuppdrag skulle vara behagliga när jag för första gången beslutit mig för att åka till Västnyland på ett uppdrag? Ansåg jag fortfarande att hemliga agenters uppdrag var underhållande? Spektakulära spänningsfilmer med vådliga skidåkningar undan laviner skulle aldrig vara särskilt roliga längre.

"Mitt liv börjar närma sig sitt slut."

Orden ekade fortfarande någonstans i mitt bakhuvud. Orden var en självklarhet. Varje dag var en dag närmare slutet. Men kanske det var dags att sluta grubbla på den saken. Kanske det var dags att fundera hur jag skulle njuta bäst av tiden som jag hade kvar. Med alla dess vändningar. Innan det oundvikliga slutet kommer.

Anna stormade in i sovrummet igen och bröt mina dystra tankar.

"En sak har jag funderat lite på", sade min flicka.

En liten klick soppa urskildes vid hennes mungipa. Tydligen hade hon smakat på den för att kolla om den gick att äta ännu trots överkokandet. Jag slickade mig om munnen för att få henne att imitera mig och på det sättet slicka bort matresten. Anna stirrade på mig som om jag var vansinnig.

"För Guds skull, jag skall gå snart så att ni får vara i fred", stönade Stefan.

"Bilen", sade Anna. "Vad hade hon tänkt göra med din bil? Den blev ju i Antskog."

"Sant", sade Stefan, nöjd över att Anna hade ställt en bra fråga. "Efter att ni skulle bli efterlysta som försvunna personer, skulle den parkerade bilen nog ha uppmärksammats förr eller senare. Man skulle kanske till och med ha sökt efter er i Antskog och Fiskars och eventuellt skulle ni ha hittats redan innan vårsolen hade smält snödrivorna. Men det gjorde ingen skillnad, ni skulle ha varit nedfrysta och döda i varje fall. Brita hade slängt dina bilnycklar och din mobiltelefon i snödrivan vid Lillbölevägen. När era kroppar väl hittades, skulle man dock fråga varför ni hade lämnat bilen i Antskog och promenerat den fem kilometer långa vägen till Lillböle."

"Även om det är en bit att gå, skulle det passa in i historien att jag hade promenerat till Lillböle med Anna, till platsen som betydde så mycket för mig. För att jag skulle dela med mig åt henne av det förflutna på ort och ställe. Men att det spårade ur med ödesdigra följder. Och ur Britas synvinkel var det mindre riskfyllt att någon såg mig stiga in i hennes paketbil i det glesare bebodda Antskog än i Fiskars."

"Hon hade tänkt på allt", sade Anna tankfullt.

"Kan du tänka dig, Anna", sade jag tystlåtet. "Vi är verkligen inte vemsomhelst. Vi är betydelsefulla. Tänk att någon gjorde så mycket besvär för vår skull. Bara för att vi måste bort."

"Er existens måste raderas", ekade Stefan. "Så gick hennes tankegångar. Bara för att era liv och era dåd via en massa sidospår hade påverkat hennes lillebrors liv. Jag undrar om Åke Lövskog verkligen känner till hur vrickad hans storasyster är."

"Det får ni nog se under de kommande rättegångarna", sade Anna.

"Jag tror att det nu är min tur att vara någon som måste bort", sade Stefan och reste sig från sin stol. "Man börjar ju riktigt längta efter hustrun sin när man ser er två. Och det är över en timmes körning till Ekenäs."

Konstapeln räckte mig sin hand och även om vi var gamla bekanta tog jag den. Min hand var säkert både gammal och slapp, men han skakade den hjärtligt. Antagligen kände han från min värme att jag fortfarande hade lite stegring.

"Lycka till, Jonas Österfelt", sade min polisvän. "Krya på dig."

"Vi återkommer säkert till fallet senast när ni samlar ihop material till åtalet", konstaterade jag.

"Absolut", sade Stefan och gick till min tambur. Jag stannade i sängen men Anna följde honom till ytterdörren.

Dörren slog igen och plötsligt stod hon där igen. Min flickvän. Jag kunde inte förmå mig själv att tro på min egen lycka. Jag måste vara den lyckligaste, arbetslösa förloraren i världen. Jag hade allt jag behövde.

"Borde vi kanske njuta av en förrätt innan soppan?", frågade Anna Tschäder och tittade menande rakt i mina ögon. "Har du något förslag?"

Det var inte bara den hemliga agenten John From som fick pangbruden i slutet av berättelsen.

"Jag har kommit för att rädda dig", viskade jag hest.

SENARE

"Jonas Österfelt", svarade jag yrvaket.

Mobiltelefonen hade väckt mig under en skön tupplur och jag kände inte igen det uppringande numret. Inom mig var jag glad att jag inte av misstag hade svarat "John From". John hade lyckligtvis lämnat mina drömmar och han skulle inte föra mig till nya hemliga uppdrag längre.

"August Härkönen", sade en främmande mansröst och jag väntade att han skulle framföra sitt ärende.

Under en kort, skrämmande sekund kände jag på mig att jag vaknat upp från en livslång sömn. Att alla mina upplevelser i Västnyland hade varit en lång dröm. Att hela mitt liv var en uttänjd dröm. Men vart höll jag då på att vakna? Speciellt om jag inte var John From? Till verkligheten? Jag skrattade inom mig åt blotta tanken.

"Är Ni, Jonas Österfelt, bekant med Maria von Dunderholm, född Andersson?" frågade Härkönen.

"Ja", sade jag tveksamt. "Hennes son Hubertus var min barndomskamrat, men han dog för en tid sedan."

"Alldeles. Maria von Dunderholm dog i Rio för en vecka sedan", sade Härkönen och tystnade för att låta informationen sjunka in.

"Hon var tuff", sade jag erkännande. "Cancern minskade på hennes förväntade livslängd så hon hade levt på övertid en längre tid redan."

"Jag blev utnämnd till förrättare av det von Dunderholmska arvet", sade Härkönen. "Eftersom Hubertus är död, finns inga direkta bröstarvingar till arvet. Marias testamente kommer att spela en stor roll, då arvsskiftet skall fastställas."

"Jasså", sade jag, och efter att ha funderat några sekunder beslöt jag mig för att dela med mig vad jag redan visste om Marias testamente. "Jag känner till att Maria ville testamentera Lillböle och så mycket av förmögenheten som möjligt åt disponentens son, Axel Nordsund."

"Aha, Ni känner till det", sade Härkönen överraskat. "Nu är det dock så att hon ändrade på testamentet så fort Hubertus hade dött."

Jag ställde mig vid fönstret, delvis bakom gardinen så att grannarna mitt emot gatan inte skulle se mig naken. En sparv ställde sig på utetermometern och lade huvudet på sned som om den betraktade mig. Den kvittrade något som en signal till någon annan sparv, som jag inte såg. Likt ett virtuellt skvaller på ett socialt forum i Internet. För mig symboliserade kvittret något helt annat. Sparven var ett tecken på att vintern höll på att ge efter och att vårfåglarna snart skulle återvända till landet.

"Verkligen?" sade jag förbluffat. "Hur kan jag hjälpa Er?"

"Ni kan komma till mitt kontor i Helsingfors för testamentets uppläsning", sade Härkönen. "Jag har redan varit i kontakt med Axel Nordsund och för honom passar imorgon utmärkt."

"För mig går imorgon också bra", sade jag tveksamt. "Men vad har testamentet med mig att göra?"

"Helt preliminärt kan jag säga att von Dunderholms förmögenhet kommer att gå dels åt Nordsund och dels åt Er. Men jag vill poängtera att detaljerna kommer fram först imorgon."

Mobiltelefonen höll på att trilla från min hand. Jag mindes min stormiga diskussion med Maria von Dunderholm i Rio för ett år sedan. Jag mindes hennes överraskande signal att hon ville ge sin förmögenhet åt Axel. Alltså den del som Hubertus inte kunde kräva som sin legala arvslott. Jag mindes den varma känsla som jag känt då jag förstått att den sympatiska Axel en dag skulle bli förmögen.

Varför hade hon velat lyfta mig till en arvtagare? Hade den dödssjuka kvinnan blivit galen på gamla dagar? Var hon lika snurrig som jag? Var hon min själsfrände?

"Det finns dock ett litet frågetecken i arvsskiftet", sade Härkönen och jag stönade inom mig. Naturligtvis. Det fanns alltid någon klausul. Det fanns alltid någon klurighet i den läckerhet, som serverades, och så drogs den tillbaka mitt framför näsan på en. På samma sätt som om man lät hungriga barn i Afrika känna doften av grillat kött utan att man delade med sig av det.

"Det finns inga bröstarvingar på den von Dunderholmska sidan", sade Härkönen. "Men det finns en avlägsen efterkommande i Marias släktled, som kan försöka bestrida testamentet."

"Naturligtvis", sade jag syrligt.

"Hon har en brorsdotter, som heter Sofia Andersson, senare gift med Atte Strömstam."

Jag satte mig i min fåtölj av chock.

"Det verkar som om Sofia sitter i fängelse", fortsatte Härkönen. "För mordet på hennes make."

"Jag vet", sade jag kort. Jag hade aldrig känt till att Sofia från mitt tidigare uppdrag hade ett släktband med Maria.

"Legalt sett borde fängelsestraffet inte påverka arvsrätten till ett arv. Men eftersom hon inte är Marias barn, borde hon inte kunna kräva en arvsandel genom att bestrida testamentet. Men hon kan nog fördröja utbetalningen av det."

Jag höll fortfarande mobiltelefonen i min hand, men jag hade förlorat intresset för Härkönens juridiska detaljer. Mitt fönster var i behov av tvätt. Jag tänkte på en herrgård och hur mycket arbete det krävdes för att tvätta dess otaliga fönster. Hur mycket pengar jag än hade, ville jag inte bo på en herrgård.

Såg världen annorlunda ut nu? Var vyn utanför mitt fönster annorlunda än några timmar tidigare? Hade Maria von Dunderholm gjort det lättare för mig att navigera i den stora, skrämmande världen? Var jag mindre vilsen än tidigare?

Nej.

Det var inte Maria von Dunderholm som var min ledstjärna och inte heller världen utanför mitt fönster. Mitt liv fanns närmare. Innanför mina väggar. I min familj. I mig själv. I mitt sovrum. Och därifrån hade hon kommit till mitt vardagsrum och hon stod som bäst i dörröppningen. Hennes min var lika frågande som min. Hon såg härligt yrvaken ut i sitt nattlinne. Vi stirrade båda på min mobiltelefon, som hade tystnat. Hade apparaten just spelat upp en pjäs för mig? Ett skådespel som inte hade något med verkligheten att göra? Var samtalet en konspiration?

Flickan framför mig var ingen kuliss och ingen illusion. Hon var varken en hemlig agent eller någon fantasifigur. Och hon var inte någon som måste bort från mitt liv på en lång tid. Anna Tschäder var Någon och Något att vänta på.